아무튼, 메모

아무튼, 메모

정혜윤

위고

차례

1

메모주의자

메모해둘걸

내 선배에 관해 말하려면 이 일화로 시작하는 것도 괜찮은 방법 같다. 어느 날 선배와 나를 포함한 네 사람이 아산만에서 식사를 하게 되었다. 식사가 나올 때까지 지루하고 해서 이야기 경연 대회를 하기로 했다. 첫 번째 주제는 지금까지 먹어본 가장 맛있는 음식 이야기였다. 두 번째 주제는 가장 잊지 못할 책, 세 번째 주제는 가장 잊지 못할 사랑, 네 번째 주제는 가장 잊지 못할 노래. 다들 과거사를 살짝 혹은 상당히 부풀려서 재주껏 이야기를 만들어냈다. 그런데 무슨 주제가 나오든 다 선배가 일등이었다.

지금까지 먹어본 가장 맛있는 음식 이야기를 나는 이렇게 시작한다.

"아빠랑 철새 보러 가서 금강하구에서 해질녘에 가창오리 떼가 날아오르는 것을 봤어. 마침 그날 첫눈이 내린 거야. 그날 먹은 따뜻한…."

선배는 이렇게 시작한다.

"그러니까 그 일은 내가 감옥에 있을 때였어. 삶은 계란 두 알이 나오는 특별한 날이 있었어…."

감옥에서 먹은 삶은 계란이라니…. 이렇게 시작하면 다른 사람은 그냥 듣고 있어야지 어떻게 하겠는가.

"선배 일등!"

나에게 가장 잊을 수 없는 사랑 이야기는 이렇게 시작한다.

"초등학교 때였어. 우리 반에 책을 좋아하는 남자애가 있었는데…."

선배는 이렇게 시작한다.

"당시 목포의 조폭들은 전남 일대로 세력을 뻗어가고 있었어. 그렇게 조폭의 세력권에 있던 한 아가씨가 있었는데…."

조폭이 세력을 확대한다는데 어떻게 그 이야기를 자를 수가 있겠는가! 또 선배 일등. 나에게 가장 잊지 못할 책?

"대학 때 기숙사에 있었는데 어느 날인가 봄날 오후에 누구라도 좋으니 이야기가 좀 하고 싶었어. 이 방 저 방 노크했는데 아무도 없는 거야. 너무 심심해서 할 수 없이 책을 펼쳤는데…."

하지만 선배 이야기의 시작은 이렇다.

"내가 폭력 혐의로 소년원에 갔을 때 그래도 고등학교 다니다 왔다고 내가 제일 유식한 거야. 우리 반 애들 대부분이 한글도 잘 몰랐어. 내가 소년원 반장이 되어서 가갸거겨부터 가르치기 시작했는데…."

선배 일등!

선배는 출소한 후 활동가가 되었고 결혼도 했고 아들도 낳았다. 그 아들이 어렸을 때 일이다. 아들은 딱히 할 일도 없고 해서 사촌들을 따라 피아노 학원에 갔다. 선배 아들은 레슨비가 없으니 따로 수업을 받지 못했고 어깨너머로 사촌들이 배우는 것을 구경했다. 그런데 이게 웬일인가? 그 어깨너머로 배운 실력이 사촌들을 능가하기 시작했다. 그리고 그렇게 중학생이 된 아들이 예고를 가고 싶다고 선배에게 선언했다. 하지만 노동운동 활동가가 어떻게 아들에게 예고 입학을 위한 국내 최고의 레슨을 받게 할 수 있겠는가? 선배는 고개를 숙였다.

사정을 딱하게 여긴 학교 음악 선생님이 자신이 성심성의껏 가르쳐보겠다고 자원했다. 아들은 방과 후에 음악 선생님에게 수업을 받았다. 기쁘기 짝이 없게도 아들은 예고에 합격했다. 아들이 예고에 합격하는 데 아무런 역할도 하지 않은 선배는 아들이 예고에 다닐 때도 단식과 길거리 철야 농성으로 날밤을 새웠다. 까칠해진 얼굴로 어쩌다 집에 들어오는 아빠와 아들 사이는 서먹서먹했다. 아들은 그 좋아하던 피아노와도 멀어졌다. 나는 오랜만에 만난 선배에게 아들이 방문을 잠그고 방에서 나오지도 않고 슬럼프에 빠져 있다는 이야기를 전해 들었다. 며칠 뒤에 큰맘 먹고 피아니스트 글렌 굴드 전집을 선물했다. 그러자 믿기지 않는 일이 벌어졌다. 아들이 글렌 굴드의 음악을 듣고 다시 피아노 연습에 매달리기 시작했다는 것이다. 음악의 힘이 놀라운 것인지, 아들의 힘이 놀라운 것인지(혹시 나의 힘일지도…). 어쨌든 나는 이 소식을 듣고 고양되었고 한 번 더 좋은 선물을 해보고 싶었다. 기회는 기다린 자에게 온다고 했던가? 예술의전당에서 세계적인 성악가가 내한 공연을 하게 되었다. 나는 VIP 티켓 두 장을 마련했다.

"선배, 이 티켓은 마법의 티켓이야. 이거면 아들과의 관계는 봄 햇살에 얼음 녹듯 풀리고 선배는 단 한 번의 노력으로 지상 최고의 아버지로 자리매김하게 될 거야."

일은 내 계획대로 착착 진행되었다. 선배는 낡고 더러운 차를 세차까지 한 뒤, 깨끗한 옷을 입고 아들을 태워 예술의전당으로 향했다(고 보고가 왔다). 공연이 끝난 후 득달같이 선배에게 전화를 했다. 그런데 청천벽력 같은 말이 들려왔다.

"미안해. 나 사실 공연 안 봤어…."

"선배, 그게 무슨 말이에요? 아까 분명히 예술의전당에 간다고 했잖아요?"

"….."

사연인즉슨 아들은 아빠의 공연 초대에 이게 꿈인가 생시인가 싶어서 학교 친구들에게 자랑을 했단다. 그 자랑을 가만히 듣고 있던 반 친구가 한 명 있었다. 성악을 전공하는 친구였다. 그 친구 또한 집안 형편이 어려웠다. 친구는 평소 흠모해 마지않던 그 성악가가 한국에 왔다는 소식을 들었지만 차마 부모님에게 공연 티켓을 사달라는 말을 할 수 없었다. 아들은 아빠에게 말했다.

"아빠, 아빠 말고 친구랑 공연에 가면 안 돼요?"

"내가 그렇게 싫은 게냐?"

"아니에요."

아들은 사연을 말했다.

"내 친구가 저보다 그 공연이 더 보고 싶을 거예요."

"아들아, 왜 안 되겠니."

이렇게 해서 선배는 아들과 아들 친구를 뒷좌석에 태우고 예술의전당에 가서 자신은 공연장 밖에서 아이들이 나오기만을 기다렸던 것이다.

"내가 공연을 보지 않았다고 낙심하지 말아줘. 내 인기는 공연을 보지 않았기 때문에 하늘을 찌르고 있어. 공연을 마치고 나오는 두 애들의 모습을 네가 봤으면 좋았을 텐데."

"말해주세요."

"애들이 넋이 나가 있었어. 두 아이가 걸어오는데 걷는다기보다는 분홍색 구름에 둥둥 떠서 오는 것 같았어. 살짝 취한 듯이 얼굴도 발그스레하고 알딸딸해 보이는 게 맛이 간 것 같다고 해야 하나?"

"애들이 선배 보자마자 처음 한 말이 뭐예요?"

"약간 호흡 곤란 증세도 보이는 것도 같고 두 놈 다 아무 말도 하지 않더라고. 음악이 그렇게 어려웠냐고 내가 먼저 물어봤지."

"그랬더니요?"

"일단 좌석 위치가 좋았고…."

"네, 그게 바로 제가 각별히 신경 쓴 부분이에요. 그리고요?"

"아이들이 참 놀라운 말을 하더라. 인간이 아무리 괴물처럼 보여도 인간은 천사라는 거야. 그런 음악을 만들고 그런 노래를 부르니까. 그리고 또 아이들이 깜짝 놀랄 말을 했어."

"어떤 말요?"

"눈물이 날 뻔했대."

"음악이 슬퍼서?"

"아니, 아름다워서."

"맞아요. 너무 아름다워도 슬퍼져요!"

"이제 무슨 일을 해야 하는지 알겠대. 그냥 지금처럼 음악을 하면 되겠대. 음악을 해야 하나 말아야 하나 망설였는데 그런 생각이 사라져버렸대. 음악은 세상에서 제일 좋은 것이 분명하대. 오늘 그 성악가처럼 그냥 뜨겁게 음악을 사랑할 수 있으면 된다고 느껴졌대."

"와… 끝내주네요."

난 그 뒤로 이 일을 까맣게 잊고 있었다. 그러던 어느 날 선배의 근황을 친구에게 말해줄 일이 있었다. 그때 난데없이 이 이야기가 생각났다. 내 이야기를 다 들은 친구는 감탄했다.

"이 이야기에는 소년들의 성장, 화해, 꿈, 감동 다 있네. 기분 좋은 이야기다."

나는 그 틈을 놓치지 않고 친구에게 물었다.

"나, 훌륭하지? 그치?"

"응. 그런데 한 가지 물어봐도 돼?"

"물론이지. 뭐든지."

"그 성악가 이름이 뭐야?"

"응?"

"그 세계적인 성악가 말이야. 나도 그 사람 노래 들어보고 싶어."

"그게…."

이를 어쩜 좋아. 다른 것은 모두 기억나는데 이 야기를 완성시키는 데 가장 중요한 바로 그것, 세계적인 그분의 이름이 기억나질 않는 것이다.

"기억 안 나?"

"잠깐만 기다려봐."

나는 죄 없는 입술을 질겅질겅 씹었다. 내 친구의 얼굴은 실망감으로 물들고, 나의 훌륭함은 퇴색하고, 이야기의 감동과 깊이는 빛이 바래고, 내 얼굴은 흙빛으로 변해가고….

"그분 이름은…."

"응. 기억나지? 그럴 줄 알았어."

"아, 그분 이름은…."

나의 훌륭함은 저 멀리 아스라이 사라지고, 내 마지막 탄식은 이랬다.

"메모해둘걸."

비메모주의자의 고통

내가 『아무튼, 메모』를 쓰겠다고 하니 회사 후배가 말했다.

"선배 메모 안 하잖아요. 맨날 잊어버리고 저한테 물어보거나 지적받잖아요."

"아, 그건 부장님 지시 사항 뭐 그런 것만 잊어버리는 거고 본질적으로 중요한 건 다 기억한단다."

"웬만하면 다 잊어버리는 것 같던데…."

"그거야 본질적으로 중요한 게 많지 않아서 그렇지."

선배도 한마디 거들었다.

"그건 아니지. 성공한 사람들의 메모 습관, 그런 거 써야 하는데 넌 일단 자격이 안 되잖아. 성공했다고 보긴 어렵지."

"이거 왜 이래요? 나도 곧 성공 가도를 달릴 예정이에요. 성공의 기준이 달라서 그렇지. 아직 숨겨진 보물이에요."

"아직까지 숨겨져 있으면 보물이 아니란다."

친구는 또 이렇게 말했다.

"진실하지 않은 책이 나올 것 같다."

"왜?"

"너 메모 안 하잖아. 메모하는 거 한 번도 못 봤어. 차라리 '아무튼, 실수' 어때?"

나는 메모를 하지 못한다

내 친구의 말은 절반만 맞다. 내 친구는 내가 메모 때문에 얼마나 큰 고통을 받는지 모른다. 지금부터 그 이야기를 들려주겠다.

나는 좋은 생각을 들으면 전혀 숨기지 않고 아낌없이 감탄한다. 조금도 망설이지 않고 열렬히 표현한다. 감탄하고 사랑할 만한 것이 여기 내 앞에 있는데 그걸 왜 참아야 하는가?

"야, 진짜 좋은 생각이다!"

"어떻게 그런 생각을 다 했어?"

"이런 것은 절대 잊어버리면 안 돼! 백 년 뒤에도 살아남고 불멸해야 해."

"네 머리는 인류 정신의 유산이야. 네 뇌는 알코올에 넣어서 방부 처리하고 유리병에 보존해야 해."

"너 같은 생각을 하는 사람이 있다는 것만으로도 진짜 기쁘다."*

이런 생각이 들 때 메모를 하고 싶어진다. 그런데 나는 메모를 하지 못한다. 이유는 단순하다. 이야기가 더 듣고 싶기 때문이다. 이야기에 홀려 있기 때

* 가장 감동했을 때는 이런 말까지도 해봤다. "나 딱 오 분만 시간 주면 안 돼? 오 분 동안 감동 좀 하고 올게."

문이다. 어떤 사람들은 풍경이 아름다우면 카메라를 꺼내는데 나는 사진을 찍지 않는다. 이미 풍경 속으로 들어가 있다. 하지만 몇 초가 흐르면 나는 그 좋은 이야기도 잊어버릴 것이 분명하다. 그래서 잊지 않으려고 초인적으로 노력한다. '잊지 말자. 잊지 말자.' 하루 종일 그 생각에 집중한다. 만약 누군가 "어머 반가워! 오랜만이야" 하고 내 손을 잡으면 나는 속으로 이렇게 말한다. '어, 어, 어… 안 돼. 안 돼. 건드리지 마. 나 지금 중요한 생각 중이야. 건드리면 다 날아간다고.'*

이런 일상은 상당한 장점이 있다. 우선 억지로 암기하는 것이 어찌나 힘든지 기초대사량이 늘어난다. 그리고 나도 모르게 머리를 쓰기 때문에 두뇌 개발, 집중력 강화, 암기력 증대, 심지어 치매 예방에도 도움이 될 것이 분명하다. 또 웬만한 일에는 무심해질 수 있다. 자극이 차단되기 때문이다. 누가 나에게 악의적으로 상처 주는 말을 했다손 치더라도 나는 못 알아들었을 것이다. 그게 그 뜻인지 잘 모른다. 딴 데

* 회사 동료들은 이런 내 모습에 어지간히 익숙해졌다.
"너 혹시 지금 중요한 생각 저장 중이니? 지금 말 걸어도 될까?"

정신 쓸 틈이 없기 때문이다.

나는 쓸데없는 일에 힘을 빼앗긴다

나는 적어도 방금 일어난 유쾌하지 않은 일을 상상 속에서 더 키우지 않을 수는 있었다. 그 결과 웬만한 일에는 일희일비하지 않는 침착한 사람이라는 뜻밖의 평판까지 듣기도 했다. 아무리 눈부신 광고가 흘러가도 눈에 들어오지 않는다. 충동 구매가 줄어든다. 이렇게 살다 보니 우리가 그런 능력이 있는 줄도 모르는 아주 중요한 능력 '무관심의 능력'이 생겨났다. 나는 '(건강한) 무관심의 능력'의 대가다. 물론 이건 나 혼자 그렇게 생각하는 것이다. 다른 사람들은 나의 이런 능력을 다르게 표현한다.

"사람이 좀 이상해. 나사가 빠진 것 같아."

"뭔가에 빠져 있는 것 같지? 걸을 때도 땅만 보고 걷더라고."

그렇다면 나는 이렇게 반박하고 싶다(물론 거의 반박 안 한다). '자아'라고 하는 것 말이다. 대체 자아란 무엇일까? 옛날에는 한 사람의 자아는 그 사람의 행동으로 알아볼 수 있다고 여겨졌다. 그 뒤에는 내적인 삶으로 한 사람의 자아를 이해했다. 스탕달의 소설 『적과 흑』에서 줄리앙 소렐은 행동할 때가 아니라 자기 방에서("내 방, 내 방이 있었지.") 혼자 복잡한 고뇌에 빠져 있을 때 가장 그답다. 보이지 않는 그가 보이는 그보다 더 그답다. 하지만 카프카의 소설 『성』의 K에 대해서 우리는 그를 괴롭히는 내적인 고뇌가 어떤 것이었는지 알 수 없다. 그는 이상한 상황에 갇혀 있다. 그렇다면 한 인간이 처한 상황이 그 사람의 자아일까? 내면은 아무것도 아니고 상황이 전부라면 인간이란 무엇일까? 상황이 같다면 다 똑같은 인간일까?* 우리는 카프카가 소설에서 예언한 것처럼 이렇게 말한다. "내 상황이 그래. 어쩔 수 없었어" 또는 "너가 내 상황을 알아?"

그럼 혹시 저 아래 무의식이 한 사람을 설명할 수 있을까? 아니다. 우리의 무의식은 스쳐가는 정보로 가득하다. 내면은 중심도 없고 깊이도 없이 포착될 수 없는 모습으로 흘러간다. 가령 이런 식이다. '차가 막히는 것을 보니 백화점 겨울 세일이 시작되었나 보네. 지난겨울엔 롱패딩이 유행이었는데 올해

* 같은 상황에서 각각 다르게 나타나는 인간 행동의 고유함은 훗날 내 가장 중요한 주제가 된다. 우리는 역사와 결코 원한 적 없는 사회적 상황에 납작 깔린다. 그다음은 어떻게 될까? 각자 자신의 삶—자신의 역사—을 살 수 있을까? 이 질문이 이 책 맨 마지막 장의 주제다.

는 뭐지? 올해의 유행 색깔은 라임색이었지. 그나저나 올해 마라탕 집이 유행이라더니 정말 많네. 나는 매운 건 좋아하지만 위가 약하단 말이야. 언제 먹어보나. 그러고 보니 연말 모임 식사 장소도 정해야 하네. 지금 방어 철이라던데 방어를 먹어야 하나? 방송에 나온 국민 셰프가 한다는 식당도 가보고 싶은데 예약이 힘들겠지? 괜히 비싸기나 하고. 가성비 좋은 식당 좀 찾아봐야겠어. 하지만 이렇게 먹을 생각만 하면 다이어트는 실패야. 지난해는 다이어트 식품으로 히비스커스차가 인기였지. 근데 저 여자도 다이어트 좀 해야겠네. 내 경험으론 다이어트보단 간헐적 단식이 더 좋았어. 피트니스 클럽도 좋아. 그런데 그 많은 피트니스 클럽들은 다 잘되나 몰라. 그 사람 피트니스 클럽 다니면서 찍은 프로필 사진, 정말 몰라보게 변했던데. 자존감이 높아졌다고 했지. 부러웠어. 나도 못할 것 없지. 그런데 돈이 문제야. 비싸잖아.'

이런 무의식의 흐름은 어지간히 길게 쓸 수 있지만 그 말 속 어디에도 듣는 사람도 말하는 사람도 안정되고 굳게 뿌리내릴 곳을 찾기 힘들다. 우리의 자아는 어디서 들은 말, 인터넷 어딘가에서 잠깐 본 것의 '나열'일 수도 있다. 우리가 이런 식으로 생각하고 있다고 믿지 않을 근거가 점점 희박해지고 있다.

우리의 무의식은 부드러운 안개에 뒤덮인 신비로운 수수께끼가 더는 아닐 수 있다.

나는 늘 말한다. "내가 꼭 해야 할 일을 잘 해내고 살기에도 시간과 힘은 터무니없이 부족해. 세네카가 말했어. 삶이 짧은 것이 아니라 우리가 시간을 낭비한다고." 그런데 이 말을 꼭 속으로 뭔가를 억누르면서 한다. 이건 말뿐이고 현실 세계의 나는 늘 삶을 낭비한다. 늘 쓸데없는 일에 힘을 빼앗긴다. 늘 하고 싶은 일이 아니라 하고 싶지 않은 일을 더 많이 한다. 나에게도 뇌라는 것이 돌아가고 있는 중이라면 최종적으로 좋은 결과를 끌어내는 데 쓰고 싶고, 죽을 때 후회하지 않을 삶을 살아보고 싶은데 잘 안 된다. 나는 의미 없이 흘러가는 시간을 아쉬워하는 사람의 괴로움을 겪는다. 더 슬픈 것은 정열을 기울인 많은 일이 무의미로 끝났다는 점이다. 열정적으로 무의미한 일을 하느라 최소한 다른 무의미한 일을 하지는 않았다 정도로 위안을 삼아야 할까? 그러나 열정적이기 위해서는 열정적인 동시에 무심할 수밖에 없는 것은 맞다.

나는 혼자가 되기를 기다린다

이런 슬픔을 안고 낮 동안 비메모주의자로 살았던 나는 혼자가 되기를 기다린다. 사방이 고요해지고 혼자 있을 때가 되면 진심으로 기쁘다. 이제야 본격적으로 하고 싶은 일을 할 수 있어서 기쁘다. 그때 차분히 앉아 메모를 하고 싶어진다. 글도 쓰고 싶다. 그렇게 버지니아 울프가 말한 '자기만의 방', 뒤라스가 말한 '자기만의 책상', 혹은 나의 커다란 초록 테이블 앞에 걸터앉았는데 그런데 이게 웬일인가? 깨끗이 얼굴을 씻고 영혼의 세수를 위해서 드디어 펜을 들었는데 '근데 내가 뭘 적으려고 했지?' 기억이 나질 않는다. '에이 설마.' 그러나 진짜 기억이 나지 않는다. 어렴풋하다. '낮에 뭔가 좋은 말을 듣긴 들었는데… 그게 뭐였더라?' 힘이 빠진다. 핸드폰에든 종이쪼가리에든 메모해둘걸, 후회가 된다. 상실의 고통이 시작된다. 오늘 하루가 날아간 것 같다. 적어도 그 순간엔 그보다 더한 고통은 없다. 그런데 솔직히 말하면 나는 그 고통이 싫지 않다. 내가 중요한 것을 잊었음을 무난하게 넘기는 것이 아니라 고통을 느껴서 좋다. 그래서 나의 하루를 심문한다. 그때부터가 중요하다. 나 자신에게 묻는다. '그 이야기의 시작이 뭐지? 그 이야기의 어디가 그렇게 좋았어? 왜 좋았어?' 이렇게 낮에 좋았던 그 이야기들은 밤의 중요한 질문이 되어 간다. 시간이 서서히 흐르고 마침내 그 좋았던 이야기들이 달처럼 떠올라 그 이야기들과 내가 하나가 될 수 있다면 그날은 운수 좋은 날이다.

그런데 아무도 나에게 좋은 이야기를 들려주지 않는다면? 타인은 많아도 내게 중요한 타인이 없다면? 기억하고 싶은 게 아무것도 없다면, 그래서 메모의 고통조차 느끼지 않는다면, 그날은 새처럼 날아가 버린다.*

물론 다른 고통도 있다. 불면의 고통이다. 메모장에 적어두려고 했던 것이 몇 달 뒤 갑자기 생각날 때가 있다. 잠자기 직전 혹은 잠이 막 들었을 때 그렇다. '일어나서 불 켜고 적을까? 그냥 잘까?', '일어나서 적으면 잠이 다 깰 텐데. 그냥 자면 또 잊어버릴 텐데', '깨면 내일 피곤할 텐데. 자면 다시 기억 못할 텐데….' 이 도돌이표 같은 번민으로 불면의 고통을 겪는다. 하지만 '노력하면 더 나아진다는데 잠쯤이야.' 이렇게 생각하던 때도 있었다.

밤의 피로가 싫은 게 아니라 너무 푹 잠만 자서

* 하지만 얼마나 바랐던가. 새가 잠시라도 어깨에 내려앉기를.

괴로울 때가 있었다. 당시 나에게는 힘과 젊음이 있었지만 그것으로 무엇을 해야 할지 몰랐다. 그런 생각이 떠오르면 벌떡 일어나서 깊은 밤을 배회했다. 다행히 그 밤 빛이 있었다. 책이었다. 한 외로운 사람이 불을 켜고 책을 읽는다면 그 시간은 '영혼의 시간'이라고 불러도 좋을 것이다. 실제로 내가 좋아하는 책들에는 늘 영혼이 있었다. 나는 그 시간 덕분에 좋은 이야기에 귀를 기울이는 것이 '육체적 기쁨'인 것을 알게 되었다. 좋은 이야기가 나를 공기처럼 에워쌀 수 있다는 것을 알게 되었다. 몇 년 전 나는 그때의 모든 감정을 담아낼 만한 시를 발견했다. 그 시는 내게 많은 일들이 시작되었던 순간의 충동들을 떠오르게 했다. 당시에 나는 알고 싶었던 것이다. 내가 왜 막연히 괴로운지, 내가 되고 싶은 게 대체 무엇인지, 삶을 향한 내 사랑을 어떻게 말할 수 있을지. 그 시의 일부분은 이렇다.

> 당신 꿈의 한가운데 있는 근심
> 그 근심의 한가운데로부터
> 당신을 지켜줄 한마디 말을 주고 싶어요
> […]
> 나는 당신만이 잠시 깃들여 지내는

공기가 되고 싶어요
남들 모르게 꼭 필요한 공기가

_마거릿 애트우드, 「잠의 변주」

그 '당신을 지켜줄 한마디 말', 그것은 결국 내게로 왔다. 그러나 많은 시간이 흐른 뒤에 언젠가 그 이야기도 들려줄 날이 있을 것이다.

나는 왜 메모주의자가 되었나

나도 메모의 화신이었던 때가 있다. 취업 준비를 앞둔 시점이었다. 갑자기 스스로 달라져야 한다고 결심했던 그날을 잊을 수가 없는데 그게 하필이면 서점 계단이었다.* 그날 나는 그 당시 나를 자기연민에 빠지게 했던 비애, 그것의 정체를 깨달았다. 나의 비애는 아무것도 안 하고 나를 아주 괜찮은 사람으로 남들이 알아봐주길 원했다는 것이다. 나의 비애는 스스로 인정하고 존중할 만한 그 어떤 일을 단 한 번도 해보지 못한 것이었다. 이 초라함이 비애의 정체였다. 나는 이것을 자존심이 상할 대로 상한 채 눈물로 인정했다.

"나는 너무 후져."

* 이 이야기는 『삶을 바꾸는 책 읽기』 마지막 장에 자세히 썼는데 간단하게 말하면 이렇다. 서점에서 『그리스인 조르바』를 읽는데, 조르바가 두목에게 이렇게 말했다. "두목, 당신이 밥을 먹고 무엇을 하는지 말해주십시오. 그럼 당신이 누구인지 말해줄게요." 이 문장이 원인이었다. 이 문장은 나에겐 해방이었다. 나는 밥을 먹고 하는 일이 없었고 고로 아무도 아니었다. 아주 심플했다. 나는 그 문장을 학생 수첩 맨 앞장에 메모했다. 가장 좋아하는 초록색 잉크로.

슬픈 세상의 기쁜 인간이 되고 싶었다

사실, 나는 자주 과대평가되었다. 실제의 나보다 더 잘나 보이고 장차 더 잘해낼 것으로 보였다. 나는 '아무튼, 기대주'였다. 그렇게 보이는 이유는 알 수 없었다. 머릿속은 빈 깡통이고 말은 앵무새처럼 남의 말이나 따라 하고 있었는데 말이다. 물론 나도 그런 시선을 우월감 속에 은근히 즐겼다. 그런 태도를 가리키는 단어가 있다. 허영심이다(그렇지만 언젠가 들통이 나서 망신당하지 않을까 내심 전전긍긍하고 있었다). 대부분의 상처는 상투적인 것에서 온다고 했던가. 그 말은 나에게 적용시키면 맞다. "부끄럽다면 최대한 빨리 그만두는 것이 좋다"지만 이 간단한 문장 하나 살아내는 것도 쉽지 않았다. "못하겠어요! 난 그런 사람 아니에요." 솔직하게 인정하면 그만이겠지만 문제는 그렇게 간단하지 않았다. 기대받는 것만큼 '진짜로' 잘해내고 싶어 하는 마음이 또한 내게는 있었다. 잘하는 것처럼 '보이는' 것이 아니라 '진짜로' 잘하고 싶었다.

어느 날 정말로 '갑자기' 결심했다. 달라지기로. 뭔가를 하기로. 그만 초라하게 살기로. 제일 먼저 남들이 나를 어떻게 생각하는지 떠보는 일을 그만뒀다.

누가 나를 좋아하고 좋아하지 않는지 관찰하는 일도 그만뒀다. 누군가 나를 좋게 생각한다고 “넌 내게 딱 걸렸어!” 기뻐하는 일도, 나쁘게 생각한다고 앙심 품는 일도 그만뒀다. 남의 마음에 들지 않을까 걱정하는 일도 그만뒀다. 삶이 간결해져서 좋았다. 그 대신 앞으론 뭘 할까만 생각했다. 세상 어디선가 나를 필요로 한다면 거기 가서 그 일을 잘해내고 싶었다. 하지만 나에게는 세상이 필요한데 세상이 과연 나를 필요로 하는지 알 수가 없었다. 나는 세상에 관심을 가질 마음이 있는데 세상도 나에게 관심을 가질 마음이 있는지 알 수가 없었다. 그건 마치 나에겐 사랑이 필요한데 누가 나를 사랑해줄지 알 수 없는 것과 같았다. 그때 당시 나는 더는 무의미하게 살고 싶지 않았고, 무의미하게 살지 않은 것, 그것이야말로 행복이라고 믿었다.

나는 르포 작가가 되고 싶었다. 가뜩이나 나도 혼란스러운데 다른 사람의 혼란스러운 상황을 듣고 싶었던 이유를 그때는 몰랐다. 몇 년 전에야 그 감정의 정체를 알았다. 나는 ‘인간을 위로하고 기쁨을 주고’ 싶었던 것 같다. 그 일에 기쁨을 느꼈다. 그 일을 할 때 보람을 느꼈다. 슬픈 세상의 기쁜 인간이 되고 싶었다. 내가 없으면 볼 수 없는 현실을 보여주고 싶었다. 현실의 또 다른 측면에 불을 비추고 싶었다. 어디서도 들어보지 못한 이야기를 들려주고 싶었다. 하지만 당시 나로서는 어림 반 푼어치도 없는 일이었다. 나 자신이 현실을 보는 새로운 눈이 없었다. 내 눈 두 개는 세태에 영합하면서도 아닌 척할 줄 아는 나의 영리하고 쩨쩨한 자아에 깊숙이 물들어 있었다. 그때 나는 처음으로 '메모의 화신'이 되었다. 나 자신을 위한 메모를 했다. 문구점에 가서 가장 두꺼운 노트를 몇 권 샀다. 거기에 책을 읽고 좋은 문장들을 모으기 시작했다. 나에게 도움이 될 생각들을 꿀벌이 꿀을 모으듯 모았다.

그때 나는 노력하면 좀 더 나은 내가 될 수 있다고 믿었다. 근거는 하나도 없었다. 그래도 믿어야 했다. 믿기 위해서라도 나 스스로 근거를 마련해야 했다. 나에게 없는 것을 인정해주는 사람은 아무도 없다.* 그런데 내 마음도 내 뜻대로 되지 않는 마음의 법칙이란 것이 있다. 바뀌려면 죽기 살기로 노력하는

* 나의 관찰에 따르면 인간은 다시 시작하고 싶어서 발버둥치는 순간을 반드시 맞는다. 삶을 사랑한다는 말, 다시 시작하기를 두려워하지 않는다는 말이다. 그때 이후로 한 번도 변하지 않은 믿음이다. 그 뒤로도 무슨 일을 겪든 다시 시작할 마음만은 포기하지 않았다.

수밖에 없다. 가장 좋은 것, 믿음직한 것에서부터 다시 시작할 수밖에 없다.

°나의 내일은 오늘 내가 무엇을 읽고
기억하려고 했느냐에 달려 있다.

°내가 밤에 한 메모, 이것으로 나의 내일이
만들어질 것이다.

°나의 가장 본질적인 부분은 나의 메모에
영향을 받을 것이다.

이런 생각이 없었다면 그렇게 열심히 메모하지 못했을 것이다. 그때는 노트를 신성시했다. 언제 어디서나 꼭 붙들고 있었다. 지하철역에서, 버스 정류장에서, 버스 안에서, 신호등 앞에서 노트를 들춰보던 나를 떠올릴 수 있다. 만약 집에 불이 났고 소방관이 그 노트를 구해 번쩍 들고 나온다면 나는 그분의 섬세함에 몸을 부르르 떨면서 사랑에 빠졌을 것이다. 나를 구해온 거니까.

그때의 노트들은 이제 어디 있는지도 모른다. 하지만 그 메모들은 지금의 내 삶과 관련이 깊다. 나였던 그 사람은 아직 사라지지 않았다. 당시 노트에 쓴 것들이 무의식에라도 남아 있으리라, 나는 믿는다. 어느 날 무심코 한 내 행동 속에서 그 모습을 드러낼 것이라 믿는다. 이게 메모를 하는 가장 큰 이유인지도 모른다. 무심코 무의식적으로 하는 행동이 좋은 것이기 위해서. 혼자 있는 시간에 좋은 생각을 하기 위해서. 그런 방식으로 살면서 세상에 찌들지 않고, 심하게 훼손되지 않고, 내 삶을 살기 위해서.

우리는 단어를 읽지만 그 단어를 살아낸다

모든 노트의 맨 앞부분에는 항상 상당히 조악한 그림을 그려넣었다. 이동 중인 인간의 모습이었다. 한 빼빼 마른 인간(졸라맨처럼 생겼다)이 한 발은 땅에 딛고, 다른 한 발은 땅에서 뗀 그림이었다.* 내가 발을 땅에 딛게 하는 힘, 그 땅에서 발을 떼게 하는 힘, 둘 다 바로 메모였다. 그다음 페이지에는 책에서 읽은 좋은 생각들을 대략적으로 써놓았다. '오늘의 문장' 같은 것이었다. 거기에 '눈에 불을 켜고'라는 제목을 달아두었다. 이를테면 이런 식이다.

* 막 스타트를 하려는 백 미터 달리기 선수들의 사진을 붙여놓은 적도 있다. 다 무명의 선수들이다.

'눈에 불을 켜고'

°『소로우의 일기』: 가장 중요한 질문은 어떻게 생계를 꾸려가야 올바른 생을 살 수 있는가에 대한 것이라고 생각했다.

°『소로우의 일기』: 나의 일기장이 사랑의 기록이 되었으면 좋겠다. 내가 사랑하는 것들, 나의 열정을 불러일으키는 세계, 내가 생각하고 싶은 것들에 대해서만 적고 싶다.

°플로베르: 나를 괴롭히는 뭔가가 있는데 그것은 내가 나의 크기를 모른다는 거지. 나 자신에 대한 의심으로 가득해. 어느 정도까지 당길 수 있는지 근육의 힘을 알고 싶어.

오늘의 문장은 밑에 여백을 남겨놓고 썼다. 생각나는 것이 있으면 여백에 계속 내 나름의 각주를 달았다. 그러다 여백이 점점 늘어나더니 결국 오늘의 문장은 왼쪽 페이지에만 쓰고 오른쪽 페이지는 아예 비워두게 되었다. 그 오른쪽 빈 공간에 생각날 때마다 생각을 덧붙이고 덧붙였다. 이런 식으로 메모를 하는 것은 꽤 재미있었다. 더 많이 덧붙이고 싶어서 페이지들이 무한히 늘어나는 노트를 상상했다.*

빈 공간에 단어를 써놓는 것의 의미는 생각보다 크다. '친구'라고 쓰면 나는 그 단어 속으로 들어가버리고 싶다. '무지개'라고 쓰면 그 단어를 보고 싶다. 그런 단어들은 아주 많다. 흑조, 4월의 눈, 호랑가시나무, 러시아식 꿀 커피…. 나는 그 단어들을 여행의 단어들이라고 불렀다. 내 몸이 아니라 내 마음을 움직이는 단어들이었다. 각각의 단어들에는 사연이 있다. 그러나 내가 왼편에 얼마나 멋진 문장들을 옮겨 썼든 나의 삶은 오른쪽 페이지에 아직 완전히 쓰이지 않은 채로 있었다. 그 엉성한 생각들은 좀 더 정교해지고 정확해지다가 언젠가는 현실이 되어야 했다. 나는 점점 더 쓰이지 않은 페이지에 관심을 기울이는 데 익숙해졌다. 나는 과거보다는 미래를 생각하고 싶었다. 내 메모장의 여백이 현실보다 더 중요한 현실 같았다. 먼 훗날 나는 보르헤스가 이것을 아주 멋진 문장으로 표현했다는 것을 알게 되었다.

"우리는 단어를 읽지만 그 단어를 살아낸다."

* 요새는 그 문제가 간단히 해결된다. 스마트폰의 메모장 기능을 보라.

메모에 관한 열 가지 믿음

"메모같이 사소한 일에 무슨 의미가 있을까?"라고 누군가 내게 묻는다면 이렇게 되묻고 싶다. 우리는 항상 사소한 것들의 도움 및 방해를 받고 있지 않냐고. 강아지가 꼬리만 흔들어도 웃을 수 있지 않냐고, 미세먼지만 심해도 우울하지 않냐고, 소음만 심해도 떠나고 싶지 않냐고. 그리고 또 말하고 싶다. 몇 문장을 옮겨 적고 큰 소리로 외우는 것은 전혀 사소한 일이 아니라고. '사소한 일'이란 말을 언젠가는 '자그마한 기적'이라고 부르고 싶어질 것이라고.

"작은 불씨가 새로운 불길을 만든다." 이 구절이 나오는 곳은 단테의 『신곡』 지옥편, 연옥편, 천국편 중 어디일까? 답은 천국편이다.* 사실 세상은 망각에 딱 맞게 만들어져 있다. 구태여 기억할 필요도 적어놓을 이유도 없는 일로 가득하다. 우리 삶은 시간을 쓰고 쓰레기를 만드는 일이다. 그렇다면 나는 망각에 딱 맞는 세상에서 굳이 왜 무언가를 메모했을까? 나를 메모하고 싶게 만들었던 믿음을 적어보고 싶다.

* 천국편 1장 34절일 것이다. 메모를 해두지 않아서 불확실하다.

하나

나 스스로 나 자신을 위해서 뭔가 좋은 일을 해 보고 싶다.

둘

미래에 내가 해낼 일을 기뻐하고 싶다.

셋

더 나아지려고 애쓴다. 그것만큼 중요한 것은 없다.

넷

내일은 더 나아진다. 조금씩 바꾸면.*

다섯

우리는 피하고 싶은 단어들을 곧 마주친다. 암, 골다공증, 우울증, 노화, 실패, 외로움, 상실, 배신, 죽고 싶은 마음. 그러나 미래에 이것만 오게 할 수는 없지 않은가. 다른 것도 오게 해야 한다. 어두움 외에

* 그래서 이런 말을 듣고 싶다. "너는 어떻게 이렇게 세월이 흐를수록 새로워지니, 몰라보겠다."

뭔가가 와야 한다면 그 오는 것은 빛처럼 아주 좋은 것이어야 한다.*

'운명이다'라는 말이 있지만 '운명에 맞서다'라는 말도 있다. 나에게도 운명에 맞설 마법의 주문, 마법의 단어가 필요했다. 사실 우리의 운명은 늘 변화 중이다. 앞으로 다가올 나의 인생이 내 영혼의 어떤 반응일 가능성은 적지 않다. 우리는 대체로 과거는 짐스러워하고 미래에는 눈을 감는다. 그러나 메모를 한다는 것은 미래를 생각하고 그 미래를 위해 힘을 모으고 있는 중이라는 뜻이기도 하다. 나는 가장 좋은 것은 과거가 아니라 미래에 있다고 믿는다. 세계가 더 나아지고 있다는 믿음, 혹은 "결국 내 인생은 잘 풀릴 거야"라는 믿음을 가져서가 아니다. 그런 믿음은 없다. 세상은 아수라장이다. 나는 늘 실수하고 길을 잃고 발전은 더디다. 나는 나 자신의 '후짐' 때문에 수시로 낙담한다. 그래서 더욱더 나 자신이 더 나아져야 한다는 사실을 잊을 수가 없고 세상이 더 좋은 모습이어야 한다는 사실을 잊을 수가 없다. 마음은 어

* 그런데 빛은 무엇일까? 오래전 나의 메모에 따르면 빛은 나 아닌 외부 세계의 좋은 것과 깊은 관계를 맺는 것이다. 내가 가장 좋아했던 메모다. 별 표시를 열 개쯤 했다.

둡지만 미래에 대한 계획은 있다. 네루다의 시처럼 우리에게는 "아직 노래하지 않은 작은 단어들"이 있다.

여섯

다들 이 사회에 사느라 괴로운 부분이 있을 것이다. 어렸을 때부터 실체를 알고 싶던 말이 있었다(난 이 말이 귀신 이야기보다 더 무서웠다). "너도 사회 나가봐라!" 대체 사회의 힘이란 얼마나 막강한 것일까? 지금까지 관찰한 바에 따르면 사회는 숫자와 상식, 규율과 보고서로 가득 찬 곳이다. 숫자와 상식 규율로 모든 것이 환원될 때 우리 마음은 괴롭기 짝이 없다. 사회는 언제나 앞으로도 그럴 것이다. 그러나 이 괴로움을 주는 사회를 그대로 따라 살 수는 없는 것 아닌가? 이 사회와 좀 다른 인간이 될 필요도 있지 않을까?

다행히 사회에는 없고 인간에게는 있는 수많은 능력들이 있다. 우리를 덜 우울하게 만드는 능력들이다. 상상력과 호기심, 다른 사람을 덜 수치스럽게 하는 배려, 대가를 바라지 않는 헌신적인 사랑, 남들이 알아주든 말든 개의치 않는 고독한 열정, 내가 이러면 안 되지 하고 자제하는 마음…. 그래서 세상은 아침에 눈뜨고 일어날 만하다. 페소아 시인의 말처럼 인간적인 것은 모두 내 마음을 움직인다. 내가 가장 좋아하는 이야기들 속에는 슬픈 세상에 깃든 인간의 이런 사랑스러움이 없었던 적이 없고 내 눈에는 이런 것들이 아주 아름다워 보인다.

한때는 사회가 나를 제 맘대로 소유할 뻔했던 적도 있었다. 스스로 생각하지 않으면 사회가 그 일을 하고 만다. 스스로 생각하지 않으면 내 생각의 자리를 다른 사람이 차지하고 만다. 결국은 대다수의 시선에 의존적인 사람이 되고 마는 것을 피하기 어렵다.

어쨌든 사회 속에서의 삶이 수동적일수록 능동적인 부분을 늘릴 필요가 있다. 사회가 힘이 셀수록 이 사회와는 조금 다른 시간—고정관념, 효율성, 이해관계와 무관한 자신만의 시간이 필요하다. 사회가 힘이 셀수록 개인이 자기 자신으로 사는 사적 자유의 시간과 공간이 필요하다. 사회가 힘이 셀수록 그저 흘러가는 대로, 되는 대로 가만히가 아니라 '의도적'으로 살 필요가 있다. 메모를 하는 사람은 스스로 생각하는 시간을 자신에게 선물하는 셈이고 결과적으로 메모는 '자신감' 혹은 '자기존중'과도 관련이 있다. 스스로 멈추기 때문이다. 스스로 뭔가를 붙잡아서 곁에 두기 때문이다.

일곱

세상만 나를 괴롭게 하는 것이 아니다. 우리 마음의 중심에는 어두움이 있다. 자기 자신에 대해 자기만 아는 것들—거의 이해하는 것이 없다는 것, 실수했다는 것, 후회스럽다는 것, 말만 앞선다는 것, 유치하다는 것, 속이 좁다는 것. 수시로 자기비하의 유혹에 빠진다는 것, 거의 모든 사람에게 잘 보이고 사랑받고 싶어 한다는 것, 칭찬에 중독되었다는 것, 중요해 보이고 싶어 한다는 것. 무조건 이기고 싶어 한다는 것, 돈을 심하게 밝힌다는 것, 남과 비교를 너무 많이 한다는 것, 비판을 감당 못한다는 것, 지나치게 방어적이라는 것, 모르는 것을 아는 척한다는 것.

우리 안의 어두움이 다 나온다면 세상은 인류 멸망의 아침처럼 어두워질 것이다. 그러나 이것을 슬퍼할 줄 아는 것이 아직 살아 있다는 증거다. 이 씁쓸함은 여행으로도 쇼핑으로도 해소되지 않는다. 그러나 우리에게는 어둠 속에서 함께할 것이 필요하다. 이를테면 쓰다듬을 머리카락 같은 것, 파고들 품 같은 것, 나눌 체온 같은 것, 이를테면 온기 같은 것. 우리 마음의 밝음이란 게 있다면 그건 무엇일까? 지상에 존재하는 가장 부드러운 밝음, 마치 어려운 용서와 화해처럼 부드럽고 좋은 것, 그것은 더 나은 방향으로의 변화와 절대로 뗄 수 없다.

다만 문제는 이런 변화는 쉽게 일어나지 않는다는 점이다. 비행기가 날아오를 때 활주로가 필요하듯 우리도 날아오르려면 토대가 필요하다. 그 토대는 자신이 택한 삶의 새로운 원칙과 새로운 '시선'으로 가득 찰수록 좋다. 이 원칙과 시선으로 가득한 메모는 우리에게 딛고 날아오를 토대가 되어준다. 『우주만화』에서 이탈로 칼비노가 말한 것처럼 자기 자신의 변화라는 최초의 진정한 변화가 있어야 다른 변화가 뒤따르기 시작한다. 세상 무엇도 인간이 변하기 전에는 변하지 않고, 새로운 인간이 된다는 것은 매일매일의 '단련'의 결과다.

여덟

외롭고 무서운 문장 하나를 적어보겠다.

그는 세상 무엇과도 무관했다.

『파우스트』의 악마 메피스토펠레스는 이렇게 생각했다. '살려놓아야 할 중요한 것은 아무것도 없다.' 〈어벤져스: 엔드게임〉의 타노스는 또 어떤가? 그런데 모두가 이렇게 산다면 아마 우리는 서로를 지켜줄 수 없을 것이다. 누군가 죽어도 눈 깜짝할 것 하나 없다. 나와는 아무 상관 없으니까. 중요한 일이 아니니까. 이런 사회에선 각자 타살당하지 않기만을 바라야 한다.

뭔가를 중요하게 생각하는 능력이야말로 현대인에게 가장 부족하다. 이 세상엔 우리의 관심을 원하는 것들이 너무 많이 존재하니까. 우리는 스치듯이 살아가는 방법을 이미 많이 배웠다. 마치 스마트폰의 기사를 검색하는 손가락의 가벼움처럼. 그러나 무엇도 중요하게 생각하지 않는다면 가슴 아리게도 '설레는 느낌'도 없이 살게 된다. 삶은 시들하다(시들한 사람의 특징. "아무것도 관심 없어!").

그러나 메모는 나와 아무런 상관이 없을 리가 없다. 메모는 절대적으로 나 자신과 상관이 있는 일이고 내가 뭔가를 중요하게 여기고 싶어 한다는 뜻이기도 하다.

우리는 그냥은 살지 않는다. 자신이 중요하게 생각하는 것에 자신을 맞춰가면서 산다. 마치 약속을 하고 그 약속을 지키면서 살아가듯이. 그리고 중요하게 여기는 것이 달라지면 삶이 달라진다. 자기 창조도 변화도 삶에서 중요하게 여기는 것이 달라졌다는 뜻이다. 지금과 다른 것에 관심을 갖는다면 나는 완전히 다른 사람이 된다. 우리가 가치를 두는 것은 외부를 바라보는 시선뿐 아니라 심지어 우리의 얼굴과 몸짓, 표정, 눈빛마저 바꾼다. 나는 나의 가치는 내가 중요하게 여기고 살리는 이야기의 질에 달려 있다고 믿었고 지금도 믿고 있다.

아홉

마음이 꽉 차는 날이 있다. 가장 빈틈없고 다른 감정이 들어설 여지 없이 완벽한 감정은 우리의 예상과는 달리 희망이나 사랑이 아니다. 그럼 무엇일까? 쉼보르스카 시인이 쓴 대로 "영리하고 재치 있는 데다가 부지런하기까지 한 것, 새로운 임무에 언제라도 적응할 채비를 갖추고 필요하다면 끈질기게 기다리는 것, 용감하게 미래를 응시하는 것"은 오로지 증오뿐이다. 하지만 증오는 조만간 우리의 생기를 빼앗을 것이다. 반대로 뭔가가 우리에게 살아갈 힘을 줬다면 그것이 실제로 좋은 것일 때만 그렇다. 마음이 증오나 원한으로 꽉 차는 날이면 다르게 생각할 수 있도록, 꽉 찬 마음에 균열을 낼 수 있도록, 재빨리 펼쳐 볼 수 있는 것이 손에 잡히는 가까운 곳에 있으면 좋다.

나의 경우엔 이런 날 꼭 보던 메모가 있다. "꽃

이 폈다. 바깥에 좋은 것 많다. 나가 놀아라. 네 생각 바깥으로 나가 놀아라." 그리고 또 있다. 『이상한 나라의 앨리스』에 나오는 말이다. "저넌 머릴 잘라버려. 1분에 한 번씩."*

열

반대로 마음이 텅 빈 날이 있다.** 수고하고 무거운 짐 진 자인 내 앞에서 세상이 늘어지게 하품을 하는 날이다. 그때 세상이 텅 빈 것 같다고 느끼지만 사실 그 빈 공간은 비어 있지 않다. 이 빈 공간을 꽉 채우는 3대 에너지가 있다.

첫 번째, '재미없어' 에너지

오늘날 재미없는 말을 하는 사람은 중형을 저지른 것으로 간주되어 철퇴를 맞고 유배를 가야 한다. 그렇다면 남들이 대체로 재미있다고 인정하는 것은? 예능 프로그램, 연예인의 사생활, 셀카, 맛집 탐방, 자극적

* 여기서 '저넌'은 나를 가리킨다.

** 이것에 대해서는 내가 '빈 공간 이론'이란 것을 만들었다. '빈 공간 이론'을 다른 말로 하면 '사람이 외로워지는 법에 대한 이론'이라고 부를 수도 있을 것이다.

인 뉴스, 게임, 축구…. 그러나 나는 남들이 재미있다고 하는 것이 재미없다. 우리 사이에는 공통의 화제가 없다. '재미없어'라는 진단은 신속하게 내려지고 우리 사이의 거리는 무한대로 벌어지고 빈 공간이 생성된다. 그런 날에 메모를 한다면 이렇게 쓸 것이다. "텔레비전은 온통 재미있는 뉴스뿐인데 당신들은 우울하다고 마르그리트 뒤라스는 말했다."

그렇다면 내가 재미를 느끼는 것이 있을까? 누군가 "그러는 너는 뭐가 재미있어?"라고 물어봐주면 좋겠다. 그러면 나는 이렇게 대답할 것이다. "있다." 내가 재미를 느끼는 것은 활짝 핀 꽃그늘 아래 또는 별빛 아래를 걷는 것이다. 시원한 바람과 맞서며 해변을 걷는 것이다. 하지만 무엇보다도 깜짝 놀라는 것이다. "그런 생각을 하는 사람이 다 있어?"

세상이 지금 이대로의 모습이기만 하다면 어떻게 즐겁게 살 수 있겠는가? 삶을 즐기라고 하지만 아주 많은 사람들이 삶을 견디고 있지 않은가? 삶을 견디려고 재미를 찾는다면 그야말로 패배주의적 재미다. 나는 이 사회와 닮지 않은 사람이 좋고 그런 사람을 만나고 알게 되는 것이 가장 재미있다. 그런 사람들은 실제로 존재한다. 그 있을 법하지 않는 사람들이 있을 법하지도 않은 일을 해내려는 것, 그것만큼 내 빈 마음을 가득 채우는 것도 없다. 그것만큼 우리 사이의 거리를 좁히고 친밀감을 느끼게 하는 것도 없다.

두 번째, '나는 안 변해' 에너지

'나는 절대 생각을 바꾸지 않을 거야' 에너지다. "네 생각이 괜찮고 네가 고생하는 것은 알겠지만 그렇다고 나에게 강요하지 마", "개인의 취향이지 뭐", "사람마다 다 다르니까", "네 말은 맞지만 다른 의견도 있으니까". 이 '관대한' 말은 속에 이런 말을 깔고 있는 때도 아주 많다. "그러니 나한테 변하라고 하지 마."

이런 대화 속에서* 우리에겐 공통의 열망이 없고 나와 당신은 한없이 멀어지고 나와 당신은 각자 쓸쓸해지고 빈 공간은 또다시 무한대로 넓어진다. 나는 굶주려 있다. "나는 당신 때문에 변했어요. 당신은 나를 바꾸어놓았어요. 당신은 나를 더 좋은 사람이 되

* 변하지 않으려는 사람은 바위처럼 굳건하고 단단한 안정감을 보이고 뭔가 바꿔보려는 사람은 바위를 내리치는 계란의 신세가 된다.

게 해요.”

세 번째, ‘돈 좀 돼?’ 에너지

“돈 좀 돼?” 빈 공간에 떠다니는 세 번째 에너지다. 뭐 좀 하려고 하면 묻는다. “그걸로 돈이 되겠어?” 이런 관점에서 보면 그동안 낸 나의 모든 책은 시장을 잘못 읽은 상품에 불과하다. 내 생각을 시장의 언어로만 인정받아야 하다니. 나는 그것을 조금도 원하지 않는다. 돈에만 관심 있는 사람들은 그렇지 않은 사람들을 폄하하는 경향이 있다. 돈 때문에 정말 많은 성장 이야기들이 사라졌다. 돈이 안 되는 일을 하는 사람이 거의 없는 사회가 되어가고 있다. 하지만 나는 돈이면 다 된다가 야기한 나쁜 결과를 수없이 알고 보았다. 한국 사회에 널린 수많은 죽음을 생각하면 돈을 떠올리지 않을 수 없다. 이 정도로 강도 높은 자본 중심 시대를 살고 있다는 것을 우리는 굴욕으로 받아들여야 한다.

그러나 많은 좋은 것이 반자본주의적이다. 우리는 돈이 안 되는 것을 중요하지 않다고 하지만 돈이 안 되는 것들의 도움으로 산다. 무화과 냄새, 라일락 꽃향기, 재잘재잘 새소리, 바다의 즐거운 에너지, 하늘에서 떨어지는 꽃잎. 그리고 돈으로 환산할 수 없는 사랑의 수많은 모습들.

그러나 우리 사이에 빈 공간만 있는 것은 아니다. 빈 공간 위에는 모든 것을 지켜보는 하늘이 있다. 우리는 힘든 날 담벼락에 기대 하늘을 올려다본다. "누군가 진짜로 하늘을 올려다본다면 그 순간 마음속에 있는 두려움이나 희망과 관련된 소망을 떠올리지 않을 수 없을 것이다"라는 존 버거의 아름다운 문장이 있다. 새해 첫날 밤, 보름달이 뜨는 밤, 별이 찬란한 밤, 유성우가 쏟아지는 밤, 나만의 장애물을 마주했을 때, 소박한 소원이 그 어느 때보다 강렬할 때, 우리는 긴 숨을 쉬면서 하늘을 본다. 그 하늘 아래, 빈 공간 아래, 우리의 따뜻하고 부드럽고 연약한 몸이 있다. 그리고 우리 몸 아래에도 뭔가가 있다. 팔꿈치 아래 어딘가, 바로 거기 메모장이 있다. 그 메모장에도 두려움이나 희망과 관련된 소망이 있다. 메모장을 바라보는 우리의 시선은 하늘을 바라보는 시선과 닮았다. 로르카 시인의 말대로 "들꽃은 꿈을 위해 태어났고 우리는 삶을 위해 태어났다". 모든 주체적인 인간은 빈 공간 아래서, 이 빈 공간을 자기 방식으로 채우면서 태어났다.

나는 재미, 이해관계, 돈이 독재적인 힘을 갖는 사회에서 살고 싶지 않아서, 우리 사이의 빈 공간을 아무렇게나 채우고 싶지 않아서, 아무렇게나 살고 싶지 않아서, 좋은 친구가 생기면 좋겠어서, 외롭기 싫어서 더 많은 사람들이 자기만의 힘과 생각을 키우는 최초의 공간, 작은 세계, 메모장을 가지길 바라 마지 않는다.

메모는 나를 속인 적이 없다

나는 문장 수집가였다. 그 안에 내 인생을 담아놓을 가치가 있는 문장들만을 찾아다녔다. 한동안 아주 열심히 책을 읽었다. 그 뒤로도 정신적 위기의 순간에 책을 더 열심히 읽는 습관이 생겼다. 위기의 순간에 더 많이 읽고 더 많이 메모했다. 위기의 순간에 말들이 오히려 더 간절하게 들린다. 슬플 때는 사소한 기쁨도 결정적이다. 메모는 나를 속인 적이 없다. 결국은 힘이 된다. 괴로움 속에서 말없이 메모하는 기분은 얼음 밑을 흐르는 물소리를 듣는 것과도 같다. 곧 봄이 올 것이다.

나는 앞에서 말한 소로우처럼 "내가 사랑하는 것들, 나의 열정을 불러일으키는 세계, 내가 생각하고 싶은 것들에 대해서만" 주로 적었다. 노트별로 이름도 있었다. '모든 곳에서 사랑을 보자' 노트, '반복과 변주' 노트, '지옥 같은 세상의 천국 같은' 노트, '야간비행' 노트, '이제 눈곱을 떼자' 노트도 있었다. 가끔은 한 줄짜리 독서일기도 썼다. 다만 일기는 쓰지 않았다. 아니, 잠깐 쓴 적이 있었는데 나 자신이 어찌나 징징대고 감상적으로 과장하는지 곧 흥미를 잃고 말았다. 당시 나는 삼상적으로 말하지 않고서는 자신에 대해 말하는 방법도 몰랐던 것이다.*

비록 내가 쓴 글은 지루하기 짝이 없었지만 일기도 메모로서 분명히 장점이 있다. 자기 자신을 보게 만든다. 과거를 돌아보게 한다. 객관적으로 보는 것이야말로 도덕적인 것의 출발이다. 자신의 못난 점을 인정하는 것도 대단한 용기다. 그러나, 나는 그때나 지금이나 나 자신에 대해 말하는 것보다는 나 자신에게 말을 거는 것이 좋다. 내 속을 들여다보는 것보다는 내 속에 들어오는 이야기들에 빠지는 것이 더 좋다. 내가 나를 보는 것이 아니라 내가 새로 포착한 문장이 나를 보게 만드는 것이 좋다. 그때 쓴 것과 비슷하게 재현하면 이런 메모들이 나올 것 같다.

나 자신에게 주는 격려의 말

한 번만 새로워지자. 딱 한 번만.

* 훗날 로르카 시인의 "샘물과 백합은 스스로의 슬픔을 소리쳐 말하지 않는다"와 같은 문장, 카뮈의 "나 자신만을 위해서는 울지 않는다", 쿤데라의 "슬픈 날 영혼의 이상 팽창" 같은 문장을 알게 되고 마음으로 받아들인 것이 내게는 얼마나 좋은 일이었는지 모른다. 모름지기 영혼은 향이 나야 한다. 모름지기 사람의 눈은 빛이 나야 한다. 그런데 한 가지 흥미로운 것은 나 때문에만 울지 않는다는 메모를 반복적으로 한 시기는 실제로 아주 슬플 때였다.

한 번 했으면 한 번 더 하자.

현재를 살면서도 미래를 사는 방법

'나중에 하자'는 없다. 지금 당장 해야 한다.

되고 싶은 사람

나부터 나를 깔보지 않는 사람.

세상이 비합리적인 것을 알아도 이성을 포기하지 않는 사람.

새로운 것의 좋은 면을 먼저 알아볼 수 있는 사람.

굳이 꼭 사람을 비교하려면

각자가 가진 이상으로 비교하자.

어제의 나와 오늘의 나를 비교하자.

지난해의 나와 올해의 나를 비교하자.

가장 이상적인 인물

(너무 많지만…) 『일리아드』의 헥토르.

헥토르는 아킬레우스와 맞시기 전에 아내에게 이렇게 말한다. "나를 가장 슬프게 하는 것은 당신이오. 그리스인들이 당신을 슬프게 할까

봐. 당신은 살기 위해서 뭐든지 해야 할 텐데. 당신이 남의 노예가 되지 않도록 내가 지켜줘야 하는데, 나마저 죽으면 당신도 많이 울 텐데…."
그렇게 아내와 작별한 그는 트로이 성벽을 앞두고 아킬레우스와 결투를 한다. 아마 햇살이 뜨거운 날이었을 것이다. 그는 두려웠고 고독했으며, 자신이 패배할 것과 트로이는 멸망할 것을 알고 있었다. 그 순간 그는 이렇게 생각했다. "나는 싸우지 않고 그저 죽기만을 기다리는 사람이 아니다. 다음 세대들이 볼 수 있는 무엇인가를 나는 완성할 것이다. 나는 싸우고 사랑하다가 죽어갈 것이다." 그는 그렇게 했다. 햇살과 먼지, 고독 속에서. 미래를 위해 뭔가 하려는 사람은 내게는 모두 헥토르로 보인다.

니코스 카잔차키스의 아버지. 니코스 카잔차키스 가족은 어느 해 홍수 때문에 포도 농사를 다 망쳤다. "아버지, 포도가 다 없어졌어요", "시끄럽다. 우리들은 없어지지 않았어." 이에 대한 니코스의 말. "아버지는 재난을 지켜보며 아버지 혼자만의 위엄을 그대로 지켰다."

이 이상적인 인물들은 검은 밤에 수놓아진 나의 별. 나는 이 사람들과 함께 살고 함께 다시 태어나려고 했다. 나는 혼자가 아니었을 뿐만 아니라 감동으로 잠들고 사랑으로 깨어났다.

가장 좋아하는 단어

진짜.

가장 기쁠 때

드물게 내가 진짜일 때, 가식 떨지 않을 때, 마음에 모순이 없을 때.

깨끗하게 감탄할 때.

'아! 그래. 이렇게 하면 되겠네! 어떻게 해야 할지 알겠어!' 이런 느낌이 들 때.

'이제 좀 나아졌군!'이라고 말할 수 있을 때.

우리 모두 생각보다 더 잘해냈을 때.

우리 모두 더 믿을 만하게 행동했을 때.

오늘의 헛수고

오늘도 나는 다른 사람을 닮으려고 너무 노력했다.

오늘도 나는 다른 사람 마음에 들려고 너무

노력했다.

오늘도 나는 나의 그림자로 살았다.*

진심으로 후회가 되는 것

나만 생각하면서 외로워한 것.

다른 사람에게 준 상처.

인간의 특징

인간은 걱정, 희망, 욕망, 이 셋 중 하나에는 꼭 사로잡힌다.

인간은 자신감과 두려움, 이 둘 사이를 왕복운동 한다.

신이 아가에게 삶을 주면서 말했다. "아가야, 선물이란다. 가지고 놀아라!" 그리고 인간은 삶을 선물이라고 생각하는 쪽과 고통이라고 생각하는 쪽으로 나뉜다.

* 쉼보르스카 시인의 말을 빌리자면 다들 자신의 그림자로 살기로 했는데 그림자는 아무도 공격할 수 없기 때문이다. 이제는 다른 사람들과 똑같아지려고 애쓰는 것만큼 흥미롭지 않은 것도 없다.

나쁜 놈들을 위한 기도문

우리는 꿈속의 환영 같고
우리는 하찮은 잠으로 둘러싸여 있고
꼭대기가 구름에 갇힌 탑과도 같은 우리의
무대장치도
공기 속에 녹아들 테고
나쁜 놈도 결국은 죽겠지요?
세상의 덧없음은 슬프지만
어떤 덧없음은 좋고.*

이렇게 메모를 하면서 노트가 가득 차면 열심히 산 것 같았고 안심이 되었다. 메모는 수많은 밤, 나의 일부였고 기쁨이었다. 메모도 책 읽기나 글쓰기처럼 자발적으로 선택한 진지한 즐거움, 놀이의 영토에 속한다. 이 세상에서 어떻게 영향을 받을까를 스스로 결정하는데 왜 즐겁지 않겠는가?

메모는 관능적인 일이기도 하다. 내 몸에 좋은 이야기를 붙이고 그 이야기에 몸과 마음이 섞이는 일이기 때문이다.** 메모는 좋은 쪽과 한편이 되어 치르

* 셰익스피어풍의 기도문.

** 우리는 가끔 자기 생각이 고유하다고 착각하지만 우리는 늘

는 모험 이야기이기도 하고, 하나씩 하나씩 답을 찾고 그 작은 답을 모아 새로운 삶의 이야기를 만들려는 사랑스러운 흔적이기도 하다. 메모는 자기 생각을 가진 채 좋은 것에 계속 영향을 받으려는 삶을 향한 적극적인 노력이다.

이제껏 해보지 못한 생각을 하면 좋고 이제껏 느껴보지 못한 것을 느낄 수 있으면 좋다. 꼭 시원한 바람이 얼굴을 스치는 것 같다. 그리고 '아! 이거구나' 하는 깨달음은 반드시 침묵을 데리고 온다. 시간은 잠시 정지된다. 삶은 흘러가는 시간이 아니라 정지된 시간 속에서 자기 모습을 만든다. 삶은 구불구불 흘러가다가 잠깐 멈추고 정지된 시간 속에서 단단해진다. 이 정지된 시간은 나에게 한 단어를 떠오르게 한다. '번진다'. 설명하기 힘든 벅찬 행복감이, 어렵게 얻은 깨달음과 긍정의 행복감이 번져나간다. 이미 마음은 미래를, 아직 오지 않은 날을 산다. 그때는 그 요란한 자아도 잠시 내 곁을 떠난다. 이 고요한 시간에 마음속에서 벌어지는 어떤 일을 기다리느라 우

뭔가의 영향을 받고 섞이고 섞여서 지금의 모습이 되었다.
나의 이야기에는 항상 다른 사람의 이야기가 섞이기
마련이다.

리는 읽고 관찰하고 손으로 옮겨 적는 한편 속으로는 생각을 한다. '그래 이렇게 살자. 그래, 그래!' 그리고 이 긍정이 삶에서 결정적으로 중요한 역할을 해내길 바란다.

이젠 예전처럼 '나를 위한' 메모를 하지는 않는다. 하지만 어떤 주제의 메모를 하든 '아! 이거구나!', '이렇게 하면 되겠어', '그래, 그래!' 그 침묵과 긍정을 기다리지 않았던 날은 하루도 없다.

메모의 부화

혼자서 메모를 하는 것도 중요하지만 결국 우리는 사회적 존재다. 메모는 재료다. 메모는 준비다. 삶을 위한 예열 과정이다. 언젠가는 그중 가장 좋은 것은 삶으로 부화해야 한다. 분명한 것은 우리가 무엇을 메모할지 아무도 막지 못한다는 점이다. 분명한 것은 메모장 안에서 우리는 더 용감해져도 된다는 점이다. 원한다면 얼마든지 더 꿈꿔도 좋다. 원한다면 우리는 우리가 쓴 것에 영향을 받을 수 있다. 어떻게 살지 몰라도 쓴 대로 살 수는 있다. 할 수 있는 한 자신 안에 있는 최선의 것을 따라 살라는 아리스토텔레스의 말이 있지 않은가. 자신 안에 괜찮은 것이 없다면 외부 세계에서 모셔 오면 된다.

나쁜 일로부터 만들어낸 이야기

한번 읽은 뒤 절대 잊어버리지 않는 말이 있다. 보르헤스의 말이다. "우리 인생에는 약간의 좋은 일과 많은 나쁜 일이 생긴다. 좋은 일은 그냥 그 자체로 놔둬라. 그리고 나쁜 일은…." 여기서 잠깐 멈추고 스스로에게 질문을 던져보라. 대체 나쁜 일은 어떻게 해야 할까? "나쁜 일은 바꿔라. 더 나은 것으로. 이를테면 시 같은 것으로." 이 말을 어떻게 잊을 수가 있겠는가? 어쩌면 이것이 우리가 평생 하는 일일 것이다. 가슴 아린 일로부터 만들어낸 경이로운 이야기, 저열한 현실에서 잉태된 아름다운 이야기—"아침별이 흐릿하게 사라질 때 해변을 걸으며 상상하는 것이 진실"이라는 휘트먼의 시구 같은 이야기. 그게 삶일 것이다. 나는 준비되어 있다. 삶에 나쁜 일이 일어날 것이라는 사실에. 그만큼은 삶을 살아본 것이다. 그러나 삶에 시달리면서도 가볍게 날고 싶고 삶에 시달리면서도 할 일은 하고 싶다. 나는 최고의 이야기를 듣고 나누고 전달하고 싶다. 그래서 잘 알아들으려 하고, 기억하려 하고, 이해가 될 때까지 메모를 한다.

많은 사람들이 이룬 성취, 그 전 단계에는 자신만의 메모가 존재할 것이다. 줄 치고, 삭제하고, 또 쓰고, 수정하고, 또 수정하고, 하트 표시, 별 표시, 엑스 표시, 동그라미 표시, 온갖 색깔의 펜, 온갖 필체, 각주, 화살표…. 메모는 인내심의 표현이다. 우리는 메모를 재료로 책을 쓰고, 노래를 만들고, 작업을 완성하고, 특별한 날을 준비하고, 마음을 다스리고, 더 나은 생각을 찾고, 노동을 값지게 할 수 있다.

전기 띤 몸을 사랑한다

앞에서 말한 대로 나는 더 이상 나 자신만을 위한 메모는 하지 않는다. 최선을 다해 할 일이 생기면,

'분투'란 것을 해야 할 일이 생기면 수없이 메모를 한다. 꼭 해내고 싶은 일이 있기 때문이다. 그 일을 '준비'도 없이 할 수는 없다. 사실 많은 문장을 적어놓고 많이 외운다고 해서 내가 쉽게 변하지는 않는다. 적어도 나는 고백으로도, 성찰로도, 투덜거림으로도, 고독으로도, 산책으로도, 여행으로도 잘 바뀌지 않았다. 몽상 속에서는 나는 전 지구를 구할 수 있지만 현실 속의 나에게는 뭔가가 더 필요했다. 그것은 '만남'이었다. 휘트먼은 "전기 띤 몸을 사랑한다"고 말했다. 나 역시 전기 띤 몸을 사랑한다. 놀라운 생각을 하는 사람을 만나 그 충격으로 감전되는 것이 좋다. 책이 얼마나 좋은지에 대해서는 수많은 이유를 댈 수 있고 책은 넘쳐흐를 만큼 나를 사랑해주었지만 책에서 본 좋은 것을 세상에서 볼 수 있다면 더욱 좋다. 이 세상에 좋은 것은 결국 우리 안에 다 있고, 사랑할 수밖에 없는 타인들은 존재하고, 나는 그것을 찾아내서 결국은 '우리 함께 살아가는 데 도움이 되는 이야기'로 잘 전해야 했다. 운명에 맞설 나의 마술적 주문은 "지옥 같은 세상에서 지옥 같지 않은 이야기를 찾아내라"였다. 몇 년째 이 주문은 변하지 않고 꿋꿋하게 살아 있다.*

나의 분투는 아직까지는 미완이고 결점이 많고 한계는 명백하고 실망스러운 실패로 얼룩져 있고 그런 노력을 했다는 것조차 아는 사람이 없이 그냥 나의 노트들에 혼란스러운 흔적들로만 남아 있다. 나조차도 알아보지 못할 급히 휘갈겨 쓴 글씨들, 수없이 반복된 질문들, 물음표 물음표, 그 물음표 뒤에 수많은 대답들. 그러나 그 노트에는 발돋움을 하면서 돌파하려는 한 인간이 살아 있다. 나는 현재 어쨌든 듣는 자이고 이야기 채집가다.

한 가지 덧붙이자면, 내 생각만 하지 않을 때 오히려 더 나는 내가 원하는 내가 되어가는 중이라는 느낌이 든다. 내가 들은 이야기가 내 이야기보다 좋은 것이라면 그때 비로소 갑자기 내가 인간이 되는 것 같다. 스스로 못마땅하게 여겨왔던 내가 슬금슬금 도망치는 것 같다. 나는 나에 대해 말하는 것보다 사랑하는 타인들에 대해서 말하는 것을 더 좋아한다. 그러

* 이 문장이 마술적 주문인 것은 맞다. 왜냐하면 이 문장만 생각하면 없던 힘도 생기고 할 일이 떠올라서 정신이 없어진다. 보르헤스의 말대로 한 단어를 갖는다는 것은 우리에게 부적과 같은 힘을 준다.

나 지금은 우선 혼란스러우나 절실했던 '내' 메모의 일부분들을 나눌 수밖에 없다.

2

나의 메모

10월 6일, 김소연과 오소리의 날

2019년 초, 나는 『제기랄, 나도 꿈이 있었으면 좋겠다』라는 어마어마한 걸작을 쓰려고 했다.* 뜻은 좋았지만 아무도 모르고 나만 아는 또 하나의 가슴 아픈 실패로 끝났다. 그 글을 쓰고 싶었던 계기가 있었다.

첫 번째 달력

2019년이 밝자 나는 두 개의 달력을 선물 받았다. 하나는 세월호 유족에게 받은 선물이었다. "무슨 달력이에요?", "펼쳐봐요." 펼쳐보자마자 가슴이 찔리듯 아팠다. 달력에는 국가기념일이나 공휴일이 아니라 세월호 사고로 희생된 아이들, 선생님들, 김관홍 잠수사의 생일이 표시되어 있었다. 몇 명만 인용해보겠다.

7월 1일. 조향사가 되어 첫 번째 향수는 언니를 위해 만들겠다고 약속했고 해맑게 잘 웃는 배향매
7월 4일. 우리 애기들 살려야 해요. 마지막까지 학생들 생각을 먼저 한 전수영 선생님
7월 22일. 밖에 나갔다 돌아오면 할아버지

* '제기랄, 너도 꿈이 있었으면 좋겠다'라는 제목이 더 속마음에 가깝다.

할머니 드시라고 붕어빵을 사 들고 오는 눈이 맑고 예쁜 박정슬

7월 25일. 아버지께 물려받은 카메라로 사진을 찍으며 카메라 감독을 꿈꾸는 한고운

8월 22일. 또각또각 구두 소리가 좋아서 구두 디자이너가 되길 소망한 박예슬

8월 25일. 모든 생명이 아프지 않고 살 수 있는 세상을 꿈꾸며 수의학과에 가고 싶은 장혜원

9월 23일. 덩치가 큰데도 애교가 많아 아버지와 같이 사우나에 가서 등을 밀어주는 나강민

10월 6일. 아버지의 전부, 학교에서 받은 장학금으로 아버지 친구분들께 삼겹살을 대접한 효녀 김소연

10월 15일. 모든 일에 최선을 다하고 시작한 일은 언제나 끝까지 열심히 하는 아이, 뮤지컬 배우가 꿈인 유예은

10월 29일. 어머니와 밤새 속닥속닥 수다 떠는 딸, 중국어를 좋아해서 중국어 번역 일을 하는 것이 꿈인 황지현

11월 17일. 아픈 사람과 함께하는 것이 의미 있다고 생각해 간호사를 꿈꾸는 김영경

11월 20일. 발자국 소리만 들어도 엄마인 줄 알고 문을 먼저 여는 아이, 컴퓨터 그래픽이나 게임 관련된 일을 하고 싶은 이승민

11월 25일. 소리가 들리지 않는 분들에게 아름다운 세상을 들려주는 수화 통역사를 꿈꾸는 조서우

12월 3일. 애교가 넘쳐 늘 아빠에게 매달려 있어 별명이 나무늘보, 손재주가 좋아서 인테리어 디자이너가 꿈인 구보현

12월 4일. 언제나 전교 1등, 사회의 잘못을 가려내고 약자들을 보호하는 판사를 꿈꾸는 박성빈

12월 5일. 메이크업 아티스트가 되어 엄마의 주름살을 펴주는 것이 꿈인 이혜경

나는 이 달력으로 세 번 정도 글을 썼으므로 이 아이들의 생일과 꿈이야말로 내가 가장 반복적으로 옮겨 적은 텍스트인 셈이다. 그리고 쓸 때마다 놀란다. 달력 속 아이들이 모두 좋아하는 것과 꿈이 있

었다는 사실에 대해서. 곰곰이 생각하니 이 아이들의 몸은 수많은 가능성을 품고 있었다. 아이들이 살아 있다면 못할 것이 없을 것 같았다. 온갖 일을 다해냈을 것 같다. 아버지 등을 밀어주고, 문을 열어주고, 양파 껍질을 벗기고, 자전거를 타고, 환자를 돌보고, 술 취한 친구를 집에 바래다주고, 외로운 날 손을 잡아주고, 첫 키스를 하고 사랑도 고백하고, 이불을 덮어주고, 꽃과 나비와 구름을 바라보고, 휘파람을 불고 개를 산책시키고, 판결을 내리고, 춤추고 노래 부르고, 요가를 하고, 신약을 개발했을 수도 있다.

"너를 잃어서 얼마나 슬픈지 몰라"라고 할 때 우리가 슬퍼하는 것은 무엇일까? 사랑할 때 사랑하고, 손잡고 싶을 때 손잡고, 전화하고 싶을 때 전화하고, 슬플 때 슬픔을, 기쁠 때 기쁨을 나눌, 외로울 때 외로움을 나눌 몸의 부재다. 더 이상 만질 수 없고 볼 수 없다는 것은 그런 것이다. 내게 이 달력은 미켈란젤로의 피에타를 비롯해 세상의 많은 피에타들을 생각나게 했다. 어머니(성모)가 무릎에 죽은 아들(예수 그리스도)의 무게를 느끼는 그림 말이다. 이 달력이 피에타 그림 같다는 뜻이 아니다. 오히려 달력은 피에타와 반대되는 이야기를 하는 듯했다. 피에타는 자식의 죽음이라는 무게를 어머니가 고스란히 몸으로 받아 안는다. 어머니의 고개는 숙여져 있고 아들에게서 결코 눈을 떼지 못한다. 그러나 아무리 바라보아도 아들을 살려낼 수는 없다. 어머니가 아들의 부드러운 묘비가 된다. 이 달력은 그 아픈 어머니들이 결코 눈을 뗄 수 없는 아들의 몸을 세상에 다시 내놓는 것처럼 여겨졌다. 왜 하필이면 꿈의 이름으로 아들을 세상에 다시 내놓았을까? 우리는 이 슬픈 부모들의 마음을 제대로 알 수 없음을 슬퍼해야 한다. 동시에 어쩔 수 없이 이런 질문이 찾아들었다. 이 아이들이 살아 있었다면 꿈을 이룰 만한 세상이었는가? 살아 돌아온다면 "이제는 네 꿈을 펼쳐라!"라고 할 만한 세상인가? 살아 있는 나는 꿈을 가지고 있는가? 꿈은 죽은 뒤에나 아쉬워하는 것은 아니지 않아야 하는가? 더 본질적인 질문도 있었다. 모든 삶은 소중하다는 말은 과연 맞는가? 남의 꿈과 가능성, 생명을 앗아가는 자들도 있지 않은가? '모든 삶은 소중하다'는 말이야말로 억지로 꾸역꾸역 받아들여야 하는 말 아닌가? 달력은 이 아이들의 꿈과 나 사이에 무슨 일인가 벌어지기를 원하는 것 같았다.

두 번째 달력

두 번째 달력은 생명다양성재단에서 만든 달력

이었다. 달력의 주인공은 온갖 동물들인데 이렇게 '존중'이란 단어가 많이 나오는 달력도 없을 것이다.

4월 7일. 국제 비버의 날
4월 17일 국제 박쥐 존중의 날
4월 22일 세계 앵무새의 날
4월 24일 세계 실험동물의 날
4월 25일 세계 펭귄의 날
4월 27일 세계 따삐르의 날

5월 2일 세계 참치의 날
5월 3일 국제 야생 코알라의 날
5월 4일 국제 닭 존중의 날
5월 8일 세계 당나귀의 날
5월 15일 국제 캥거루 돌보기의 날
5월 18일 멸종위기 종의 날
5월 20일 세계 참새의 날
5월 23일 세계 거북이의 날
5월 29일 세계 수달의 날

8월 17일 검은 고양이 존중의 날
8월 19일 세계 오랑우탄의 날

8월 20일 세계 모기의 날
8월 30일 국제 고래상어의 날

9월 22일 세계 코뿔소의 날
9월 24일 세계 고릴라의 날

10월 1일 국제 너구리 존중의 날
10월 3일 나비와 벌새의 날
10월 6일 오소리의 날
10월 8일 세계 문어의 날
10월 13일 세계 철새의 날
10월 20일 국제 나무늘보의 날
10월 24일 국제 긴팔원숭이의 날

11월 3일 세계 해파리의 날
11월 7일 곰 안아주는 날

12월 4일 국제 치타의 날
12월 21일 로빈의 날

이 달력은 옮겨 적는 것만으로도 기쁨을 준다. 눈뜨고 일어나서 하는 일이 날마다 뭔가를 존중하는 것이기 때문이다. 이 달력에는 달마다 그림이 있다. 그림 속에서 동물과 인간이 기쁨에 겨워 사지가 풀린 채 부둥켜안고 있다. 그 그림에서 끝장내버린 것은 고독이다. 인간의 고독은 끝났다. 동물의 고독도 끝났다.

"어머, 너 여기 있었구나!"

"이게 네 빰이니?"

"이게 네 날개? 이게 네 부리? 이게 네 뱃살? 이게 네 줄무늬? 네 털?"

서로에 대한 반가운 확인은 열두 달 내내 계속된다.

"이게 너의 걸음걸이? 오늘이 네가 존중받는 날? 너 어디 갔다가 이제 왔어?"

"어디 안 갔다고? 내가 그동안 못 본 거라고? 좋아. 이제 고생은 끝났어! 우리 함께 있잖아. 우리 몸이 함께 있잖아. 이제 알았어. 우리에게 필요했던 것은 서로의 몸이야! 고통스러운 몸도 서로 안고 있으니 좋다."

"인간아. 나도 네가 필요해!"

"그 말 정말이야? 나는 누가 나에게 네가 필요하다고 말하는 것 들어본 지 정말 오래되었어. 사람들은 대체로 나에게 이렇게 말해. 우리는 끝이야! 네가 필요 없어!"

"서러워라! 이젠 걱정 마. 내가 있잖아."

우리는 얼마나 많이 슬퍼했던가

지금 생각해보면 나는 2019년뿐만 아니라 지난 몇 년간을 이 두 달력 사이를 오가며 살았던 듯하다. 한쪽에는 꿈은커녕 무사히 살아 있기도 힘든 세상에 대한 슬픔이, 다른 한쪽에는 서로의 존재 자체로 기쁨을 느끼는 세상에 대한 동경이 있었다. 그 슬픔과 동경은 어쩔 땐 미칠 정도로 강렬했다. 그 두 세계에 걸쳐 있는 것은 삶의 소중함이었다. 너와 나, 우리들 삶의 소중함, 그게 사라졌다면 어디로 가버린 것일까? 오스카 와일드의 말이 떠올랐다. "산다는 것은 세상에서 가장 드문 일이다. 대부분의 사람들은 그냥 존재할 뿐."

나도 이제는 안다. 사는 게 아무것도 아니라면 정말 아무것도 아니란 것, 생명이 아무것도 아니라면 정말 아무것도 아니란 것, 미래가 아무것도 아니라면 정말 아무것도 아니란 것. 사는 것도 미래도 그냥 그런 것. 태어났으니 그냥 사는 것. 그러나 그래서는 안 된다는 것 또한 안다. 우리는 얼마나 많이 슬퍼했던가? 누군가의 삶이 사라졌다는 것에 대해서.

제기랄, 나도 꿈이 있었으면 좋겠다

나는 이 두 달력을 보면서 '꿈'에 대한 글을 쓰고 싶었다. 서로가 서로를 살리는 꿈, 누구도 혼자 죽게 내버려두지 않는 꿈. 그 이야기를 하고 싶었다. 그때는 꿈에 관한 메모를 수없이 쓰고 지우고 했다. 나는 작아질 대로 '작아진' 꿈이란 단어를 아주아주 '크게' 만들고 싶었다.

꿈에 관한 이야기는 나 자신에게도 필요했다. 나는 늘 떠들어왔다. 현실은 지킬 것은 지키고 버릴 것은 버리고 구할 것은 구하면서 만들어가는 것이지 받아들이기만 하라고 있는 것은 아니라고. 삶의 모습을 만드는 것은 사랑과 꿈이지 백 퍼센트 현실은 아니라고. 그러곤 나 자신에게 속으로 묻는다. 내가 한 말에 걸맞게 사는지. 세세히 돌아보면 내가 한 말 때문에 얼굴이 빨개진다. 꿈 때문에 사는 게 아니라 돈 때문에 사는 날도 많다. 그 생각을 하면 마음이 어두워진다. 그러나 사랑과 꿈을 마음의 중심에 두는 것 말고 달리 어떻게 이 슬픈 세상에서 나의 삶이라 믿고 있는 지금 이 모습의 삶을, 이것이 유일하고 필연적인 모습이라고 가끔 축하도 하며 살 수 있을지, 무슨 다른 방법이 있을지 모르겠다. 내가 그때 한 메모를 대략 소개하면 이런 것들이다.

꿈이란

기쁘게 이 세상의 일부분이 될 방법을 찾는 것이다.* 꿈은 '아니면 말고'의 세계가 아니다. 꼭 해야 할 일의 세계다. 꿈은 수많은 이유가 모여 그 일을 할 수 밖에 없었던 그런 일, 포기하면 내가 아닌 것 같은 그런 일이다. 진짜 꿈이 있는 사람들은 꿈 때문에 많은 것을 참을 수밖에 없다. 그러나 용감하게 선택하고 대가를 치른다.

꿈은 왜 필요할까

어떤 사람이 멈추지 않고 계속 앞으로 나아갔다면 그것은 꿈 혹은 진실 때문일 것이다. 꿈은 우리들이 삶을 포기하지 않고 살아내도록 도와준다. 마음이 흔들릴 때 "나는 꼭 이 일을 해야 해!" 중심을 잡도록 도와주는 가장 좋은 단어가 꿈이다. 공허하지 않게 살 수 있는 가장 좋은 방법은 꿈을 따라가는 삶이다.

* 꿈이라고 하면 늘 혼자만의 꿈을 생각하지만 꿈은 자기애의 표현이 아니다. 이 세계의 한 부분이 되는 방법을 찾는 것이다. 첼리스트 파블로 카잘스는 아침마다 눈뜨면 제일 먼저 바흐를 연주했다. 그가 그렇게 한 이유는 그런 방식으로 이 세계의 한 부분이 되고 싶어서였다.

꿈의 위기

그러나 그 꿈의 세계도 위기를 맞고 있다. 꿈은 가치와 관련이 있다. 장애아들을 돌보고 싶다, 환자를 돕고 싶다, 다양한 생명을 존중하고 싶다, 좋은 것을 나누고 싶다, 부끄러운 삶은 살고 싶지 않다, 모두 가치와 관련된 문제다. 그런데 우리가 꿈을 이뤄야 할 현실은 가치를 존중하는 게 아니라 가치를 참담할 정도로 무가치하게 대하는 곳이다. 꿈과 가장 불편한 관계를 맺는 곳이 바로 현실이다. 그러나 이런 불안을 견디지 못하면 꿈이 아니라 현실에 맞춰서 삶을 만들게 된다. 그다음엔 연속적으로 나쁜 일이 벌어진다. 꿈을 접은 사람들은 이렇게 말한다. "너도 별 수 없을걸!" 내 꿈이 깨졌다고 해서 남의 용기를 뺏을 필요까지야 없을 텐데 우리는 그렇게 한다. 참으로 우리를 보잘 것 없게 만드는 언어다.

이런 사회에서 사람들은 꿈의 추구가 아니라 꿈의 포기로 자기 삶을 설명하려고 한다. "네 꿈을 펼치렴!"이라고 말하지만 "나도 한때는…"이라면서 "그걸로 밥은 먹고 살 수 있어?"라며 속내를 드러낸다. "당신의 꿈을 응원합니다!"라고 하지만 남의 꿈과 열정을 이용해서 자기 뱃속이나 채우는 사람이 너무 많다.

"꿈이 밥 먹여주냐?" 이렇게 남의 꿈을 타박하는 똑똑한 사람들 중에 꿈꾸는 사람이 밥은 먹고 살 수 있는 사회를 위해 노력하는 사람은 못 봤다. 꿈꾸는 것이 오히려 잘못이고 꿈에서 깨어나는 것이 영리한 것으로 간주되는 사회는 '억압적'일 뿐만 아니라 미래가 없다.

도처에 더럽고 나쁜 일이 보이는 사회에서는 "그래, 세상은 원래 그런 거야"라고 동의하고 사는 것이 제일 쉽다. 그러나 세상은 원래 그런 것이라는 말은 심오한 깨달음의 표현이라기보다는 꿈을 꺾는 데 악용된다. 이런 사회에서는 새로운 꿈을 꾸는 사람이 점점 드물어지기만 한다.

꿈으로 탈출하기

하지만 역설적으로 이런 문제 많은 현실에서 살려면 반드시 탈출구가 필요하다. 탈출구를 만드는 것 자체가 꿈이 된다. 우리는 꿈도 없이 살 수는 없다. 왜냐하면 꿈이 아니라면 어떻게 사회와 관계를 맺을 수 있겠는가? 어떻게 사회 속에서 "여기가 내 자리"라고 말할 수 있겠는가? 꿈이 없으면 어디로 가서 누구랑 무슨 이야기를 나누면서 시간을 보내야 할까? 많은 단어가 오염되었지만 그래도 꿈에는 여전히 가치란 것이 살아 있다. 사람들은 꿈을 위해서 목숨처럼 소중한 것을 바치는 것을 숭고하다고 생각한다. 누군가의 꿈에서 그동안 얼마나 많은 좋은 현실이 태어났는지 모른다. 이 시점에서 중요한 것은 이거다. 끝까지 '가치'를 주장할 수 있는 개인의 가능성이 바로 꿈꾸는 자의 자유다.

꿈꾸는 사람에게 일어날 가장 설레는 일

꿈을 공유할 친구들을 만나는 것이다. 그 친구들과 함께 꿈을 현실로 만드는 것이다.

어떻게 찾을 것인가?

꿈은 재료와의 싸움이다. 내 인생에도 몇 번은 아주 멋진 사람들이 나타났다. 몇 번은 멋진 이야기를 들었다. 멋진 풍경도 봤다. 멋진 밤도 있었고 멋진 낮도 있었다. 멋진 여행과 영화와 음악도 빼놓을 수 없다. 최고로 멋진 책들도 읽었다. 나의 어리석음은 그걸로 좋은 꿈을 만들어볼 생각을 오랫동안 하지 못했다는 점이다. 그냥 흘려보내고 말았다는 점이다. 반대로 재료가 나쁜 것이면 꿈 또한 나쁜 것이 될 수 있다. 이런 글이 있다. 『1913년 세기의 여름』에 나오는 글이다. 거칠게 요약하면 이렇다.

그는 하루 종일 아무것도 먹지 못하는 날이 많다. 매일 정각 오후 다섯 시에 집에서 가까운 빵집에 가서 롤빵 하나를 산다. 그리고 우유 가게에 가서 우유 5백 밀리미터를 산다. 이게 그의 저녁 식사다. 미술 아카데미에 입학하지 못한 화가, 거부당한 자. 그는 자기 세대의 성공한 화가들에 대한 의심과 질투심과 증오심을 가지고 있다. 그는 집에 오면 차를 마실 뜨거운 물을 얻기 위해 주인집 문을 두드린다. 그는 늘 "부탁해도 될까요?"라고 말하면서 자기 주전자만 바라본다. 집주인인 재단사 포프는 "같이 앉아서 뭐 좀 먹어요. 아주 굶주린 것처럼 보인다고요"라고 말하지만 그는 찻주전자를 들고 자기 방으로 도망친다. 1913년에 그의 방으로 그를 찾아오는 사람은 없다. 그는 낮에는 그림을 그리고 밤에는 룸메이트의 짜증을 견디며 서너 시까지 선동적인 정치 기사와 국회의원이 되는 방법을 알려주는 안내서를 읽는다. 어느 날 그것을 본 재단사의 아내가 그런 정치 책들일랑 그냥 놔두고 차라리 예쁜 수채화를 그리라고 말한다. 그러자 그는 이렇게 말한다. "친애하는 포프 부인, 인생에서 무엇이 필요하고 무엇이 필요 없는지 압니까?"

여기 나오는 '그'는 히틀러다. 그는 우리도 가지고 있는 평범한 재료들을 섞고 섞어서 꿈(인류의 악몽)을 만들어냈다. 상처받은 허영심+증오+의심+질투심. 그리고 우리 시대에는 이런 식으로 또 다른 나쁜 꿈 제조 공식을 만들 수 있다. 신자유주의+돈이면 다 된다는 생각(혹은 먹고사니즘)+끝없이 중요하다고 주장하지만 더할 나위 없이 약해진 자아+이기주의.

좋은 꿈꾸기에 대해서

세상은 서로가 서로를 축소시키느라고 정신이 없다. "너 지잡대 나왔잖아", "너 비정규직이잖아." 서로를 축소시키는 말들은 단호하고 숨 쉴 틈 없고 딱딱하다. 이런 말을 하는 사람도 딱딱해진다. 사람이 딱딱해지면서 벌어지는 불길한 일은? 좋은 생각이 뚫고 들어갈 틈이 없어진다는 점이다.

이와 반대되는 '확장'의 경험이 있다. 하나의 사랑에서 무한히 확장되는 사랑, 이 확장의 경험과 함께 살아가는 것이 삶의 가장 중요한 기술이다. 꿈꾸는 것도 확장의 경험이다. 개 한 마리를 사랑했을 뿐인데 수의사가 되고 싶고, 내 동생이 아픈데 사회복지사가 되어서 아픈 사람을 돌보고 싶고, 형이 장애

인인데 다른 장애인에게도 도움이 될 게 분명한 로봇을 만들고 싶고. 꿈꾼다는 것은 더 확장해보고 싶은, 더 키워보고 싶은 자신만의 단어를 갖는 일이다.

꿈에 관한 또 하나의 단어가 있다. 알래스카의 사진 작가로 살았던 호시노 미치오의 글을 보자.

> 마침내 나는 홋카이도의 자연에 강렬하게 매료되었다. 당시 홋카이도는 먼 곳이었다. 많은 책을 읽었는데 한 가지 어찌해도 마음이 떠나지 않는 것이 생겨났다. 바로 불곰이었다.
>
> 대도시인 도쿄에서 전철을 타고 가며 혼잡한 인파 속에서 시달릴 때 문득 홋카이도에서 서식하는 불곰이 머릿속을 스쳤다. 내가 도쿄에서 생활하는 그 순간에, 같은 일본 하늘 아래서 불곰이 숨 쉬고 있다. 확실히 지금 어딘가의 산에서 불곰 한 마리가 쓰러진 나무를 타고 넘어 힘차게 앞으로 나아가고 있을 것이다. 그 사실이 너무나도 신기했다.

생각해보면 당연한 일이지만 십대 소년이었던

나는 그 점이 자꾸만 마음에 걸렸다. 자연이, 또 세계가 너무나 진기했다. 그 무렵에는 그런 생각을 말로 표현할 수 없었지만 아마 모든 것에 똑같은 시간이 평등하게 흐른다는 사실이 신기했던 것 같다. […]

자연에 대한 동경… 지금 문득 돌아보면 그런 장면이 떠오른다. 그것이 서서히 부풀어 올라 어딘가에서 알래스카로 이어졌으리라.

_호시노 미치오, 『긴 여행의 도중』(2019, 엘리)

맨 마지막 문장에 나오는 '부풀어 오르기'도 꿈에 관한 말이다. 꿈꾼다는 것, 그것은 밀가루가 빵이 되는 것처럼 마음속 뭔가가 부풀어 오르는 것이다.

나를 풍선처럼 부풀어 오르게 했던 것

이렇게 계속 메모를 하면서 잘만 완성했으면 좋았을 텐데. 결국 포기했다. 메모는 부화되지 못했다. 이 글의 맨 앞에서 던진 최초의 질문, '만약 아이들이 살아 돌아와도 꿈을 이룰 만한 세상인가?'라는 질문에서 완전히 가로막혔다. "맘껏 꿈꿔도 좋아! 해봐!", "우리 살아남아서 서로를 살리자"라고 말하려면 우선 나부터 어디선가는 싸우고 있어야 할 것이다. 또 하나, 아무리 둘러봐도 꿈의 도착지가 다른 사람이 별로 없다는 것도 고통이었다. 꿈은 다른데 꿈의 종착역은 같다. 거창하게 꿈을 이뤘다는 사람들의 결론도 '돈'이었다. 돈 혹은 건물 혹은 셀럽. '나는 너를 살리고 싶어'가 아니고….

꿈에 관한 책을 완성하지 못한 뒤에도 가끔 이런 질문이 부질없이 떠올랐다. '마치 꿈꾸던 일이 일어난 것처럼 혹시 누군가 나를 기다리고 있지 않을까?' 그때 호시노 미치오의 글을 자주 떠올렸다. 나는 호시노 미치오가 도쿄의 혼잡한 지하철 속에서 떠올린 그 홋카이도의 불곰을 안다.*

호시노 미치오의 글을 읽으면 나를 풍선처럼

* 실제로 불곰을 만난 적은 없다. 그러나 홋카이도로 불곰 투어를 간 일이 있다. 그 투어는 내 인생 최고로 전복적인 여행이었다. 그 투어는 불곰을 보는 투어가 아니라 불곰을 보면 절대 안 되는 투어였다. 불곰을 보는 여행이 아니라 불곰을 보면 안 되는 여행이어서 이 여행은 잊을 수 없는 것이 되었다. 불곰을 보면 여행자들은 즉시 여행을 멈추고 뒤로, 뒤로, 뒤로… 출발지로 돌아와야 한다. 대신 여행자들은 불곰의 대변, 불곰이 부러뜨린 나무, 불곰이 오른 나무, 불곰의 모든 흔적을 보고 불곰이 살아 있음을 뛸 듯이 기뻐하면 된다. 그곳은 불곰의 집이니까.

부풀어 오르게 했던 것들이 떠오른다. 그 기억들은 나를 어디론가 끌고 간다. 나에게도 호시노 미치오처럼 혼잡한 지하철역에서 생각하는 동물이 있다. 고래다. 바다에서 고래를 처음 봤을 때 천지창조만큼이나 오래된 아름다움을 본 것만 같았다. 너무 아름다운 것을 보니 눈물이 나왔다. 고래를 보고 뛰는 내 심장 박동마저 장엄한 자연현상처럼 느껴졌다. 돌아와서 나는 고래에 대한 책들을 찾아 읽었고 몇 가지 메모도 했다. 이를테면 귀신고래에 관한 글이 있다. 귀신고래는 평온한 한낮 바닷가에 올라와 모래에 등을 묻고 쉬곤 했다. 이 고래는 모래 위에 누워 있을 때 가장 즐겁다. 인간을 두려워하지 않고 떡하니 모래사장에서 햇살을 즐기던 이 사랑스러운 거대한 야생동물은 멸종되었다. 그리고 외뿔고래에 관한 것도 있다. 만약 당신이 봄날 북극의 얼음 바다에서 갑자기 쨍쨍쨍 칼날 부딪히는 소리를 듣는다면 그것은 외뿔고래의 엄니가 부딪히는 소리다. 외뿔고래들은 엄니로 싸우는 중이다. 이런 글들을 읽고 사랑하는 마음으로 옮겨 쓰다 보면 고래가 모래사장에 누워 햇빛을 쬐는 것을 보고 싶다는 생각이 절로 든다. 외뿔고래들이 싸우는 소리 한번 들어보고 싶다는 생각이 든다. 정말이지 그런 게 있는 세상이 그런 게 없는 세상보다 훨씬 좋다.

그렇게 자연은 내 마음에 들어왔고 언제나 내 마음속에 있다. 그 뒤로 나는 많은 바다 동물들을 만났다. 고래를 보러 다녔고 돌고래, 바다코끼리, 바다사자, 고래상어, 거북이, 해달, 듀공, 매너티, 펠리컨을 만났다. 그런 장소에서마다 책을 읽었다. 펠리컨이 있고 강아지와 물새가 장난치는 옆에서 책을 읽었다. 파도가 곱게 만들어준 하얀 조개껍데기들 위에서 책을 읽었다. 세상은 숨 막히게 아름다웠다. 생명력 때문이었다. 나는 이런 감각적인 외부 세계가 주는 기쁨을 내가 얼마나 좋아하는지 알게 되었다. 그 생명력을 도시로 데리고 가고 싶었다. 야생의 생명력이 나를 바꾸기를 원했다. 자연은 그것을 사랑할 줄 아는 사람을 좀 더 자연에 가깝게 바꿔줄 줄 안다고 했던가? 나는 자연이 바꿔놓은 사람—자연의 작품이 되고 싶었다. 더 있는 그대로 감탄하고, 더 소박하게 원하고, 더 섬세하게 염려하고, 더 감사하면서 기쁨을 누리고, 평범하고 흔한 것을 경이롭게 바라볼 줄 아는 사람으로.

이탈로 칼비노의 말이 떠오른다. "해답이 아니라 경이로움을 즐기라." 나는 지칠 때면 속으로 이렇게 말하곤 했다. '지금 어디선가 고래가 숨 쉬고 있다! 지금 고래가 제 할 일을 하고 있다.' 그리고 고래처럼 깊게 숨을 쉰다. '나는 너와 함께, 너처럼 힘을 낼 거야.' 고래처럼 물 밖으로 솟구쳐 태양을 향해 뛰어오를 수 있다면 좋을 것이다. 그러나 이야기는 여기서 끝이 아니다.

한 사람의 어떤 노력도 중요하지 않은 세상

꿈에 관한 책이 잘 풀리지 않았다고 해서 메모해둔 문장이 필요 없어진다는 것은 상상할 수도 없는 일이다. 나는 "꿈은 기쁘게 세계의 일부가 되는 방법을 찾는 것이다", "같은 꿈을 꾸는 사람을 만나면 정말 기쁘다", 이 문장들을 살아내고 싶었다. 그렇게 살려고 애썼다. 그러나 가슴 쓰라리게도 바로 이 문장들 때문에 연거푸 타격을 받는 일이 생겨버렸다. 실망하지 않기란 불가능했다. 그렇다고 상처를 키워서 꿈과 행복을 포기할 마음은 없었다. 그런 날 단 한 명의 독자*를 앉혀놓고 이야기를 만들면서 놀았다. 그렇게 태어난 이야기 중에는 구두를 움켜쥐고 놓지 않는 신데렐라 이야기도 있고, 중석기 시대에서 온 신데렐라 이야기도 있다. 시지프스가 굴리는 돌 중에 웃기는 돌도 하나쯤 있어야 하는 것 아닐까? 그중 두 편을 전격 공개한다.**

택배기사는 벨을 두 번 울린다

『우편배달부는 벨을 두 번 울린다』라는 소설이

* 물론 나다.

** 초특급 베스트셀러 작품이 영화화되고 개봉 전 다시 사람들의 관심을 끌고 흥행 몰이에 박차를 가하기 위해 원작자가 직접 작품 제작기를 소개하는 형식이다.

있어요. 살인 사건이 나오는 소설인데 우편배달부는 나오지 않고 오히려 '두 번'이란 숫자가 중요합니다. 어쨌든 숨어 있는 범죄자에게 벨을 두 번 울리는 우편배달부는 엄청 긴장감을 주는 사람이에요. 범죄자는 생각할 거예요. 왜 벨을 한 번 누르지 않고 두 번 누를까? 그는 긴장하기 시작합니다. "누구세요?" 물어야 하나 아무도 없는 척 계속 숨어 있어야 하나? 운명을 결정짓는 순간일 수도 있습니다. 이 제목에 깊은 영감을 받아서 '택배기사는 벨을 두 번 울린다'라는 스토리를 구상해봤습니다. 소시민들이 벨을 두 번 울리는 택배기사를 범죄자로 생각해서 벌어지는 아파트 스릴러입니다.

근본적으로는 선량하지만 두려움에 쉽게 지배되고 귀가 얇은 특성을 지닌 소시민들은 택배기사가 벨을 두 번 누르는 것으로 봐서 집에 사람이 있나 없나 확인한 다음 범죄를 저지를 의도를 가진 게 아닐까 의심합니다. 그런데 실제로 아파트에서 도난 사건이 일어납니다. 주민들은 택배기사를 의심합니다. 모두들 그를 범인으로 몰아가죠. 평소에 아파트 근처를 어슬렁거렸다거나 화재경보기에 몰카를 달아둔 것 같다거나…. 경찰은 택배기사를 불러 왜 벨을 두 번 눌렀느냐고 다그치는데 그는 "두 번 안 눌렀어요!"라는 말밖에 못합니다. 알리바이를 대라고 하지만 택배기사는 메모를 해두지 않아서 제대로 기억을 못합니다. 게다가 택배기사는 말도 약간 더듬어요. 이 때문에 더욱더 의심을 받습니다.

그는 위기를 돌파하기 위해 진범을 직접 찾으려고 합니다. 누군가 진범을 알고 있지 않을까요? 하지만 누가 그를 돕죠? 바로 도난당한 아파트 주민들이 기르는 반려견들입니다(반려견과 택배기사의 만남은 용감한 경비 아저씨의 딸이 도왔어요). 그때부터 반려견들과 택배기사의 진범 찾기 모험이 흥미진진하게 펼쳐집니다. 반려견들은 아파트에만 박혀 있어서 사냥 본능도 많이 떨어지고 멀리 가려고도 하지 않고 하여간 야생성이 떨어져서 택배기사가 이만저만 고생한 게 아니었어요. 게다가 반려견들의 주인이 쫓아오고요. 결국 진범은 알아서 잡힙니다. 다른 일로 덜미가 잡혀서. 하지만 아무도 택배기사에게 사과하지 않았고 그는 일자리만 잃어요. 그러는 사이에 반려견들과 택배기사 사이에는 말없는 우정이 싹틉니다. 사람을 믿지 못하는 사회를 배경으로 한 이 소설의 핵심은 '말 없는 우정'이에요.

택배기사는 인간 사회에서 외로웠습니다. 택배기사는 인간이 태어나서 하는 모든 노력은 이렇게 정리된다고 생각했어요. "상황이 힘들어도 너무 타락하지 않은 채 사회에 끼려고 사력을 다하는 것이다." 그런데 그것마저 잘 안 되는 거죠. 사회는 내성적이고 말도 더듬는 그를 끼워줄 마음이 없습니다. 한 사람의 어떤 노력도 중요하지 않은 세상이라면 그 사람은 속으로 얼마나 슬프겠어요.

저는 제가 만든 택배기사의 슬픔을 느꼈습니다. 하지만 택배기사는 동물 덕분에 말없는 우정의 맛을 볼 수 있게 돼요. 개는 (당나귀도 말도) 인간이 겪는 모든 고난을 말없이 함께 견뎌줘요. 어쩌면 동물과 동물적 본능이 있는 사람만이 그렇게 할 수 있는지도 모릅니다.

저는 이 소설을 완성하기 위해 (사실은 시작하기 위해) '동물적 본능이 있는 사람의 특징'이란 메모를 했습니다. 그 메모가 쉽게 진전되지 않았기 때문에 소설은 어려움을 겪었어요. 저는 사거리에 서서 누가 가장 야생을 닮았나, 오랜 시간 관찰해야 했어요. 저는 존재하지도 않는 택배기사의 앞날에 대해 염려했어요. 어쩌면 그는 개와 함께 다니는 노숙자가 될지 모릅니다. 아니면 아프리카 사파리 대초원에 가서 이주민 노동자로 일할지도 모르죠.

저는 글을 쓰면서 창작의 기쁨을 느꼈습니다.

제가 장차 만들 주인공이 위기를 벗어나고 기쁨을 맛보길 바랐는데 그 일이 가능할 것 같아서인가 봐요. 그리고 이게 중요한데 진짜로 누군가랑 친구가 된 것 같은 기분이 들었어요. 제가 만든 택배기사랑 저는 친해요. 저는 이 세상에서 그를 지지하고 관심을 갖는 유일한 사람이죠. 택배기사에게 친구가 생긴 게 진짜 좋았어요. 하필 그게 저란 게 그에게는 불행이겠지만요.

내가 이런 메모 놀이를 한 이유는 이 문장 때문이다.

한 사람의 어떤 노력도 중요하지 않은
세상이라면 그 사람은 속으로 얼마나 슬프겠어요.

이 말을 꼭 입 밖으로 한번 내보고 싶었다. 나는 이렇게 사는 사람들을 안다. 아무리 노력해도 거절당하는 사람들. 그들은 밤에 잠을 잘 때도 무심코 돌아누울 것 같다. 그들이 거절당할 때 돌아서던 몸짓처럼. 그것이 슬프다.

뉴 고담시에 새로운 다크나이트가 나타나다

'뉴 고담시에 새로운 다크나이트가 나타나다'는 가제인데 독자 친화적인 저는 새로운 제안도 열린 마음으로 수용할 작정입니다. 내용은 이렇습니다. 세계를 차지하려는 악당 무리가 있었습니다. 배경은 뉴 고담시예요. 다크나이트는 이미 고담을 떠나서 캣우먼이랑 지중해에서 살고 있습니다. 그사이 악당들은 인간을 면밀히 관찰했어요. 인간들이 특별히 좋아하고 그것 없이는 살 수 없는 것이 뭔가 하고요. 악당들은 현장 인터뷰, 연구관찰을 통해 메모하고 보고서를 만듭니다. 결국 인간은 돈, 젊음, 아름다움, 그리고 고기를 좋아한다는 것을 알게 되죠.

젊음과 아름다움, 고기 다 각각의 시장이 있습니다. 악당들은 이중 고기 시장을 공략하기로 합니다. 우선 가축들이 먹는 사료에 항생제를 넣어요. 그 항생제 성분 중에는 불안감을 일으키는 약물이 포함되어 있어요. 악당들은 주기적으로 항생제 양을 조금씩 늘립니다. 몇 년이 지나자 인간들에게 증세가 나타나기 시작합니다. 사람들은 이유 없는 불안감에 시달려서 밤에는 깊은 잠을 못 자죠. 사설 경비업체들은 돈을 더 많이 벌어요. 수상해 보이는 사람들은 더 자주 쫓겨나요. 아파트 담벼락은 더 높아져요. 사람들은 안정감을 원해요. 안정감만 준다면 뭐든 다 받아들일 수 있게 돼요. 그때 한 남자가 혜성처럼 등장합니다. 대형 목축업계의 거물이에요. 악당이죠. 그 사람은 뉴 고담시 사람들을 전부 초대하는 화려한 만찬을 자주 열어요. 거기선 술과 고기가 무제한 공짜로 제공돼요. 만찬은 인산인해를 이루고, 사람들은 거물이랑 식사를 할 때마다 그 없이는 살 수 없을 것 같은 기분을 느낍니다. 악당이 그런 날은 특히 더 의존성이 심한 고급 약물을 추가했거든요. "회장님, 제발 우리 곁을 떠나지 말고 우리를 지켜주세요."

그렇지만 저항군이 있습니다. 고기를 먹지 않는 사람들이죠. 저항군 리더는 저예요(임시직이에요. 제 이름이 다크나이트예요). 저는 사람들이 왜 그렇게 점점 불안감에 취약해지나 관찰하기 시작했고 수시로 메모를 하면서 분석했고 메커니즘을 이해했어요. 저는 다른 사람의 불안감을 사적인 권력 장악의 수단으로 삼는 악당들의 무서운 진실 앞에 몸을 부르르 떨고 "진실을 외면하면 안 돼!"라면서 음모를 분쇄하기로 합니다. 저는 가장 친한 후배를 경호원이자 후계자로 골랐어요. 저는 동물을 해방하면서 인간도 해방하려고 했어요. 저는 제약업계, 고기 유통업자, 대형 목축업자, 정치인 등이 총망라된 부패 조직을 찾아냈어요. 그 조직은 동피아라고 불려요. 동물 플러스 마피아. 그런데 해법을 두고 내부에서 의견이 분분해집니다. 동물 관련 산업이 사라지면 막대한 경제적 타격을 입을 사람들을 생각하라, 해방된 동물들은 다 어디로 가느냐, 곧 자연은 다 파괴될 것이다. 급진적인 저는 무조건 동물을 다 해방하려고 해요. 그러나 최후의 순간에 암살돼요. 암살자는 저의 경호원인 제 후배 브루투스였어요. 저는 죽어가면서 이렇게 말해요. "브루투스, 너마저…."

믿었던 사람에게 배신당하는 고통이 칼날보다 더 아플 줄 알았는데 둘이 비슷하게 아파서 아픔은 곱절이 되었어요. 저는 점점 흐릿해져가는 눈으로 마지막으로 사랑하는 세상을 바라보면서 상처받은 동물처럼 포효했어요. "나의 소원은 첫째도 해방, 둘째도 해방, 셋째도 해방…."

내가 이런 메모 놀이를 한 이유는 상실 때문일 것이다. "브루투스, 너마저…." 이 탄식을 한번 뱉어내고 싶었다. 예전에 좋았던, 믿었던 많은 사람들도 변해간다. 우리가 나눴던 꿈은 한때의 일인 것처럼. 그리고 누구보다 독하게 세상에 대한 환멸감을 뿜어댄다. 나는 그에 대해서 아무 말도 하지 않는다. 그냥 그러냐고만 한다. 그러나 어떻게 슬프지 않겠는가. 아우슈비츠 수용소의 생존자 프리모 레비의 꿈은 슬픈 세상에서 사람들에게 즐거운 이야기를 들려주면서 기쁨을 주는 것이었다. 사무엘 베케트는 함께 웃을 수 있는 사람이라도 있어야 한다고 했다. 나는 슬픈 세상에서 혼자 이런 글을 쓰면서 웃는다. 그러나 이야기는 아직 끝이 아니다.

지금 어디선가 고래 한 마리가
숨을 쉬고 있다

앞에서 이런 메모를 소개했다.

> 꿈은 '아니면 말고'의 세계가 아니다. 꼭 해야 할 일의 세계다. 꿈은 수많은 이유가 모여 그 일을 할 수 밖에 없었던 그런 일, 포기하면 내가 아닌 것 같은 그런 일이다. 진짜 꿈이 있는 사람들은 꿈 때문에 많은 것을 참을 수밖에 없다. 그러나 용감하게 선택하고 대가를 치른다.

말은 쉽지만 그렇게 살아내려면 마음을 단단히 먹어야 한다. 나에게도 그런 친구가 있다. 음악을 하는 친구다.

꿈을 너무 오래 말하는 사람

친구는 음악에 일생을 걸었다. 일생을 건다고? 현대적 삶에는 어쩐지 구식처럼 들리는 말이다. 하지만 그럴 수 있는 일을 찾는다면 삶에서 일어날 수 있는 가장 멋진 일이 일어난 셈이다. 그렇지만 친구는 환상 없이 꿈꾼 대로 살기를 택한 대가를 혹독하게 치르며 산다. 그는 꿈 때문에 많은 슬픔을 겪었고 현재도 겪어내고 있다. 꿈 때문에 참으로 외롭게 세상을 걸어왔다.

그 친구야말로 이 험한 세상에서 꿈을 갖는 것이 어떤 의미인지 나로 하여금 묻고 또 묻게 만들었다. 소득의 불안정은 꾸준히 사람을 위축시킨다. 꿈은 근심 걱정 없이 생계를 유지하는 삶을 누리지 못하게 할 수 있다. 하지만 친구는 품위 있는 가난뱅이다. 그 친구는 타인의 돈이 아니라 자기처럼 지친 사람들의 슬픔에 관심을 가질 줄 알고 그 슬픔에 마음을 활짝 연다. 그가 자신의 쓰라림을 어떻게 달래는지는 나에겐 미지의 영역이다. 그런 친구가 옛날 옛날에 가장 아끼는 기타를 실수로 잃어버렸다. 오랜 시간이 흘러서야 그 기타 소리에 가장 근접한 기타를 마련하게 되었다. 친구는 나에게 기타에 짧은 문구를 써달라고 했다. 나는 기뻤지만 거절했다.

"이 소중한 악기에 내가 어떻게… 나는 못해."

"기타 칠 때마다 떠올릴 수 있는 아주 좋은 말 한마디만 부탁해. 정말 좋은 기운 속에서 기타를 연주하고 싶어."

"아냐, 아냐. 나는 못해…."

말은 그렇게 했지만 나는 기타를 유심히 살펴봤다. 아무리 봐도 뭐가 그렇게 유별나게 좋은 기타인지 통 알 수가 없었다. 속으로 친구에게 물었다. '기타가 그렇게 좋아?' 대답은 듣지 않아도 안다. 그렇게 좋다고 할 것이다. 착잡했다.

우리 사회는 꿈을 너무 오래 말하는 사람을 억압한다. 너무 오래 열정을 포기하지 않는 사람을 비난하는 경향이 있다. 자신의 길을 꿋꿋이 걸을수록 철부지 사춘기 미성숙한 소년쯤으로 여긴다. 솔직히 내 눈에도 기타를 보고 정신 못 차리는 모습이 딱 철부지처럼 보인다. 나는 친구와 기타를 번갈아 보았다. 내 친구의 여위고 지친 얼굴이 눈에 들어왔다. 그래도 활짝 웃고 있었다. 배고파 쓰러져도 음악 소리가 나면 웃을 것 같은 얼굴이었다. 그 웃음이 좋았다. 친구에게는 가난도 건드리지 못하는 단호함과 인내심이 있었다. 이렇게 지속적으로 고생하는 사람은 대체 얼마만큼 멀리 자기 길을 갈 수 있을까? 그는 고통에도 에너지가 있다고 나에게 말해주었다.

우리는 파도를 견뎌낼 것이다

친구는 슬플 때마다 돌아가 위안을 구했던 음악, 삶을 살 만한 것으로 만들어주었던 음악을 남들도 사랑하기를 원했다. 그는 슬프고 지친 사람에게 힘을 주는 음악을 만들고 싶어 했다.

친구는 퀸의 〈Radio GaGa〉에 나오는 가사 한 부분을 아주 좋아했다. "Someone still loves you."

'someone'이 음악 혹은 세상의 온기, 아니면 또 다른 무엇인지, 친구는 알고 있을 것이다. 친구는 누가 더 많은 관심과 애정이 필요한 'you'인지 본능적으로 알아보았고 아무리 배가 고파도 밥값 걱정부터 해야 하는 지상의 고단한 사람들에게 "Someone still loves you"라고 말하는 음악을 들려주고 싶어 했다. 세상 어디선가 누군가는 무관심 속에, 지속적인 생활고에 시달리면서 하루 종일 그런 생각에 골몰하고 있는 것이다. 세상을 있는 그대로 보면서도 사랑할 수 있다는 것은 참 대단한 일이다. 나는 몇 분간 고심하다가 펜을 들었다.

"써볼게."

"뭐라고 쓸 거야?"

떨렸다. 내가 쓸 글은 꿈꾸는 대로 살면서 만신창이가 된 한 사람에게 힘이 되어야 한다. 그렇게 된다면 그 사람은 또 수많은 사람에게 그 힘을 몇 배로 되돌려주려고 할 것이 분명하다. 나는 "얍!" 우주적 기를 모은 다음 이렇게 썼다.

지금 어디선가 고래 한 마리가 숨을 쉬고 있다.

그렇게 쓰자 우리 앞에 파란 바다가 펼쳐졌다.

우리는 파도를 견뎌낼 것이다. 우리는 작은 새들이 거친 바닷바람 위로 가볍게 놀듯이 떠오르는 것을 배울 것이다. 우리는 고래처럼 멀리 갈 것이다. 도리가 없지 않은가? 다른 방법이 없다. 하기로 한 일이 있다면 세상 무슨 일이 일어나더라도 해야 한다. 지금 해야 할 일, 그 일을 잘해내야 한다. 너무 큰 기대는 말고. 거창한 의미 부여 없이. 예측불허를 견디며. 그 일을 다른 사람이 아니라 바로 내가 해야 한다고 믿으며. 나는 네루다의 말처럼 이런 "슬픈 눈동자를 보면서 꿈꾸는 법을 배웠다".

며칠 뒤에 친구에게 전화를 걸었다.

"고래가 힘이 좀 돼?"

"아! 그거 수성펜으로 썼나 봐. 지워져버렸어!"

"그걸 지금 말이라고 해? 불쌍한 내 고래!"

"아니야, 완전히 사라진 거 아니야. 너무 슬퍼하지 마. 아직 살아 있어. 얼른 유성펜으로 다시 쓰자."

전화를 끊고 나는 '유성펜 살 것!'이라고 메모해야겠다고 생각은 했다. 하지만 고래 생각에 빠져서 잊어버렸다.

말과 몸

이 메모는 지난해 팟캐스트 '말하는 몸'*에 출연하면서 작성한 것이다. 나는 이 팟캐스트가 처음 시작될 때부터 열렬한 지지를 보냈다.** 몇 개의 사전 질문을 받았고 전에 없이 정성껏 메모했다. 몸이야말로 앞으로 내가 관심을 가질 중요한 주제이기 때문이다.

인생에 대한 수많은 정의가 있지만 이런 정의는 어떨까? '말과 몸'이 협력해서 빚어내는 이야기. 몸은 여러 모로 신비한 요소가 있다. 몸은 노화를 겪으며 낡는데 그 낡은 몸이 결코 낡을 수 없는 기억을 담고 있다. 나쓰메 소세키는 인간의 몸을 가리켜 피를 담는 자루가 시간을 담는다고 했다. 시간은 어디론가 우리를 데리고 간다. 그리고 최종적으로 우리가 가는 공간은 자신의 몸이다. 쿤데라의 말대로 우리는 반드시 자신의 몸과 단둘만이 남겨진 시간을 마주한다. 몸에 관한 한 우리는 시작과 끝을 먼저 알고 중간 부분을 나중에 아는 이야기 속으로 들어간다.

* CBS 박선영 피디와 오마이뉴스 유지영 기자 제작.

** "여자의 몸은 대체로 관찰당하는 몸이었다. 그 여자들이 말을 하기 시작하면 어떤 놀라운 일이 벌어질까?"가 기획의 요지냐고 물었더니 박 피디는 "바로 그거!"라고 아주 좋아했다.

'몸'이라는 단어를 듣고 머릿속에 떠오른 생각은?

작년에 수술을 받고 누워 있던 저의 몸이었어요. 목 수술을 받고 목에 튜브가 꽂힌 채 제 피가 방울방울 떨어지는 것을 보고 있었어요. 제 병은 수술 후 조직 검사를 해봐야 정확하게 병명을 알 수 있는 그런 거였어요. 처음에 수술해야 한다는 말을 들었을 때는 힘이 쫙 빠졌어요. 왜냐하면 그 무렵 꽤 무리해서 일을 하고 있었고 그 무리는 누가 하라고 한 게 아니라 스스로 택한 거였어요. 대신 아주 자주 저에게 말했어요. '이 일이 끝나면 쉴 거야. 멍하니 있을 거야. 절대 아무 일 안 해!' 그런데 쉬기는커녕 수술을 받게 돼버린 거예요. 하지만 잠시 더 생각해보니 제 마음이 또 그렇게까지 무거운 것은 아니었어요.

수술을 받아야 한다는 말을 들었을 때 제일 먼저 든 생각은 "방송은?"이었어요. 당시 저는 라디오 다큐멘터리 4부작짜리 하나(〈남겨진 이들의 선물〉), 2부작짜리 하나(〈자살률의 비밀〉), 그렇게 총 6부작을 만들고 있었어요. 수술을 받을 때는 그걸 다 마치고 난 뒤일 텐데 뭐가 문제야? 그런 생각이 들었어요.

수술하고 병원에 누워 있는데 겨울 햇살이 방 안으로 쏟아져 들어왔어요. 그때 생각했어요. 인간의 몸은 빛과 온기를 좋아하는구나! 밤에도 평화로웠어요. 몸은 침대에 있는데 머리맡에는 불빛이 있었어요. 그때도 생각했어요. 인간의 몸은 빛과 온기를 좋아하는구나. 파울첼란의 시 비슷한 문장이 생각났어요. "위에서 오는 빛이 너무 강렬해서 우리는 어두워질 수 없었다."

저는 수술한 그날부터 불을 켜고 그동안 바빠서 못 읽던 책들을 읽었어요. 수술 일주일 전부터 매일 한 시간씩 복근 운동을 했어요. 그게 저만의 수술 준비였어요. 복근 운동은 효과가 있어서 목 대신 배 힘으로 책을 읽을 수 있었어요.

제가 입원하자마자 김용균이라는 스물두 살 젊은이가 태안 화력발전소에서 사망한 사건이 일어났어요. 저는 평소에 텔레비전을 보지 않는데 병원에서는 봤어요. 뉴스에서는 김용균의 훼손된 몸이 나오는데 채널을 돌리면 동안을 위해 바르는 화장품(얼굴을 쫙쫙 펴드린다는 표현이 나왔어요), 튼튼한 하체를 만드는 운동기구(애플힙 포함), 그리고 각종 옷에 관한 혹은 몸에 좋은 음식들이 계속계속 나왔어요. 쇼핑미디어라는 게 뭔지 처음으로 길게 접했어요. 한쪽에서는 일하다가 훼손된 몸, 더 많은 채널에서는 성적인 몸, 오래 가는 몸을 위한 온갖 상품들이 나오고 있었어요. 사람의 육체가 하나의 수단에 불과한 세상에서 이 맹목적인 몸 열풍은 뭔가 싫었어요. 저 자신에게도 물었어요. 만약 건강해지면 뭘 하고 싶어? 그때 노트엔 똑같은 질문이 다섯 번 이상 끄적거려져 있어요. 건강해지면 뭘 하고 싶어? 싶어? 싶어?

솔직하게 대답하자면 저는 쇼핑이 하고 싶었어요. 목 수술 상처를 가리는 터틀넥 같은 것을 사고 싶었어요. 그런데 그다음에는 뭘 해야 할지 모르겠더라고요. 대답을 하려고 혼자서 참 많이 생각했는데 그래도 대답을 못하겠더라고요. 왜 오래 살려고 하지? 왜 건강하려고 하지? 왜 계속 더 살아야 하지? 죽지 않아야 할 이유가 있으면 얼마나 좋을까. 그때 답답해서 노트에 도표까지 그렸어요. 한가운데 영어로 'BODY'라고 쓰고 나무줄기 같은 것을 그렸어요. 줄기마다 이름이 있었어요. 즐기는 몸, 일하는 몸, 휴식하는 몸, 소비하는 몸, 욕망의 대상이 되고 싶은 몸. 수동적인 몸, 주체적인 몸. 사랑하는 몸, 사랑받는 몸, 훼손된 몸. 각각의 대해서 할 말들이 또 많겠죠? 어쨌든 몸의 관점에서 보면 삶이란 최종적으로는 패배할 것을 알면서도 계속하는 전투 같았어요. 내뺄 수도 없으니 전투를 명예롭게 치르는 것 외에 무슨 다른 선택이 있을까 싶었어요.

그리고 또 이런 글도 써봤어요. 몸이 좋아하는 것? 햇빛, 할 일이 있다는 것…. 몸이 싫어하는 것? 대상화되는 것, 등급이 매겨지는 것, 강제노동. 이렇게 써보는 동안 생각이 점점 복잡해졌어요. 아픈 것은 몸이 싫어하는 것이겠지만 또 가장 생생한 것이기도 해요. 생리통만 심해도 다른 것은 다 부차적인 것으로 돼버려요. 타인의 고통보다 제 위산 과다가 더 절실해요.

하지만 제 인생에 가장 좋았던 기억은 타인의 몸에 관한 것이란 것을 알게 되었어요. 횡단보도 맞은편에서 흔들던 손, 눈곱을 떼주고 침을 닦아주던 손, 추운 날 지퍼를 올려주던 손, "저기 은행나무 좀 봐" 가리키던 손, "오늘 힘들었어?" 하며 잡아주던 손. 따뜻한 뺨, 안을 때 체온, 기댈 수 있는 어깨, 다독여주던 목소리. 감동은 항상 몸의 접촉에서 태어났어요. 인간의 몸은 타인에게 그런 의미가 있어요. 우리의 몸은 다른 사람의 몸을 지켜주고 싶어 해요. 우리가 사회적 존재가 아니라면 지금의 몸과 달랐을 것입니다. 타인의 몸이 없다면 우리 기억은 훨씬 빈약해졌을 거예요. 다른 사회에 산다면 또 우리 몸에 뭔가 다른 일이 일어나겠죠. 우리가 왜 오래 건강하게 살아야 하는 걸까요? 기다리는 사람이 없고, 기다리는 저녁, 기다리는 세상이 없다면요. 지키고 돌봐야 할 것이 없다면요.*

왜 채식을 하게 되었는지?

씹다가 괴로워져요. 저는 최근에 채식을 시작한 게 아니라 어려서부터 편식 대장이라 불리던 그런 애였어요. 잘 안 먹고 음식을 가리고 특히 고기를 먹지 않으려고 해서 어른들에게 야단 많이 맞았어요. 빈혈로 쓰러진 적이 딱 한 번 있는데 그 때문에 좋은 일이 많았어요. 아프지도 않은데 선생님들이 "너 어디 아프지?" 하면서 뜬금없이 조퇴를 시켜주는 거죠. 횡재한 기분이었어요. 혼자만 휴일을 맞은 것 같았어요.

다시 채식으로 돌아가자면 '씹다가 괴로워진다'고 했는데 '씹다가 슬퍼진다'고 해도 맞겠죠? 문제는 그놈의 '동시성'이에요. 사람은 한 가지 생각만 하지 않아요. 제 친구랑 저랑 장례식장에 간 일이 있었어요. 제 친구가 저보다 늦게 도착했어요. 저는 친구가 도착했다는 것을 알고 있는데 영 들어오질 않는 거

* 이 글이 '아무튼, 메모'임을 감안하면 김용균의 손은 메모하는 손이기도 했다. 그는 핸드폰에 자기 자신에게 주는 메모를 많이 남겼다. "용균아 힘내!" 같은 것.

죠. 어디 있나 살펴보니 창밖에 어른어른 제 친구의 그림자가 보였어요. 그림자가 복통을 느끼는 사람처럼 어딘가 아파 보였어요. 제 친구의 아버지는 친구가 아홉 살 때 돌아가셨어요. 친구는 고인을 애도함과 '동시에' 자신의 어린 시절을 생각하고 또 유족의 어린 세 아이들을 생각하고 장례식장에 들어오지 못하고 있었던 거예요. 저는 그때 속으로 빨리 집에 가야 하는데, 시간 없는데, 라고 생각하고 있었어요. 친구의 그림자를 똑바로 보기가 어려울 만큼 민망했어요. 그날 이후 제 마음에 가장 크게 남아 있는, 제가 그 친구를 떠올릴 때마다 돌아가는 이미지는 장례식장 유리창에 비치던 그림자예요. '동시에' 슬퍼하던 이미지요.

제 아버지는 현재 귀가 어두워지는 중인데 저는 잘 못 듣는 노인들을 보면 '동시에' 아버지가 생각이 나요. 손이라도 잡아드리고 싶죠. 설사 제가 그분의 손을 잡아드려도 그분은 이유를 모르겠지요. 사람은 아주 드물게만 아무 딴 생각 없이 집중하고 몰입할 수 있을지 몰라요. 저는 고기를 씹다가 고기가 고기가 아니었고 생명이었다는 생각이 들면, 씹다가 슬퍼져요. 그놈의 '동시에' 떠오른 생각들 때문에 말이에요. 아무 맛도 못 느끼죠. 어쩌면 채식은 이 괴로움 많은 세상에서 괴로운 것을 좀 줄이고 싶었던 제 마음의 반영이겠지요.

채식을 하다 보면 육식을 하는 사람들은 어떻게 보이는지?

저는 행복하게 채식을 했어요. 아직까지 너는 왜 이렇게 다른 사람을 불편하게 하니? 같은 말 들어본 적이 없어요. 너 땜에 맘대로 못 먹는다, 조직생활 그렇게 하지 마라, 남에게 맞춰라, 이런 말 못 들어봤어요. 배려를 많이 받았고 그래서 감사하는 마음이 늘 있어요. 다들 저랑 밥 먹으면 제가 가고 싶은 데로 정하라고 해요. 하지만 저만 없으면 오늘은 제육볶음 먹자, 순대, 갈비탕 이렇게 장난도 치면서 그 나름대로는 즐거운 에피소드가 얼마나 많았는지 몰라요. 그런데 "왜 고기 안 먹어?"라고 묻는 사람들은 드물었어요. 우리 시대는 타인에게 관심이 많은 것처럼 보이지만 진짜로 관심이 많은지 의심스러워요. 가십이 아니라면요. 누군가 뭘 일관되게 실천한다면 충분히 진지하게 관심을 가질 가치가 있다고 생각해요. 존중하는 마음으로 질문을 던지는 것은 뭔가 하려는 사람에게는 큰 격려가 돼요. 저는 이런 질문을 던지는 사람을 존경합니다. 그리고 최고의 존경을 받을 만한 사람들은 “나도 한번 안 먹어볼까?”라고 말하는 사람들이에요. 다른 누구 때문에 매일 먹는 식단, 자기 식성을 바꾸다니요? 이건 놀라운 일이에요. 인간이 다른 인간의 영향으로 뭔가를 바꾼다는 것은 가볍게 볼 일이기는커녕 오히려 신비로운 일이에요. 그리고 이런 것이 제가 경험하는 행복이에요. 지난해까지는 한 명도 없었는데 올해 저 때문에 세 명 정도 바뀐 듯해요.*

저는 인간의 변화 가능성만이 모든 시대의 유일한 희망이라고 생각하는 편이에요. 누구도 완벽하지 않기 때문에 우리는 늘 다른 사람들의 도움을 받아요. 지금 우리가 누리는 많은 것들도 다른 사람의 상상력, 문제의식, 시도에 힘입은 게 많지 않나요?

가장 안타까운 사람은 아마존에 산불이 나도 “미안하지만 나는 소고기가 너무 좋아!”라고 말하는 사람들이에요. 세상이 어떻게 되든 나는 나를 바꿀 마음이 없어, 라고 말하는 건데요. 다른 질문을 해볼게요. 우리는 언제 슬픔을 느끼나요? 내가 어떻게 되

* 글 쓴 후 확인해보니 두 명으로 줄었다. 그래도 무려 두 명이나 지속하다니! 아직까지 확인된 내가 만들어본 유일한 변화다. 고맙다.

든 세상이 아무 신경도 안 쓸 때 아닌가요? 쿤데라의 『참을 수 없는 존재의 가벼움』이라는 책을 아시는 분들 많을 거예요. 무슨 뜻일까요? 저는 이렇게 생각합니다. 내 삶과 고민은 참을 수 없을 정도로 무거워죽겠는데 세상은 나의 무거움과 아무 상관 없이 왜 이리 가볍나. 나의 무거움의 가벼움이 참기가 힘들다. 이렇게 나의 무거움이 아무 가치도 없는 사회에 대한 괴로움을 저희는 반드시 만난단 말예요. 카프카의 말대로 "나는 나 자신에게는 너무 무겁고 타인에게는 너무 가볍습니다."

한 가지 더! 우리가 가장 못 참는 것은 자신의 이해관계가 침해당하는 것일 텐데요. 그것은 못 참아도 지구가 파괴되는 것은 참을 수 있다는 말은 듣기에 괴롭습니다. "고기 안 먹는다면서? 그럼 식물은 어때? 식물은 고통을 안 느껴?", "멸치는?" 이런 댓글들이 달린다고들 합니다(저는 댓글을 읽지 않습니다). 물론 다 중요하고 복잡한 질문입니다. 같이 더 생각해볼 질문입니다. 그러나 누군가의 실천을 비아냥거리려고, 하찮다는 것을 알려주려는 의도로 그런 질문을 이용해선 곤란하다는 생각이 듭니다. 이를테면 누군가가 이상적인 생각을 말합니다. 그럼 "재는 현실을 몰라!"라고 해요. 대개의 경우 그런 말은 현실을 파헤쳐보자는 의미라기보다는 이상을 억압하고 포기하게 만드는 데 이용돼요. 이런 세상에서 삶은 누구에게나 더 힘들고 무겁고 위험해져버려요. 억압되니까요. 서로 억압하니까요. 억압은 언젠가는 폭발할 테고요. 또 다른 억압도 있습니다. "네가 하는 것 별 의미 없어! 다 말짱 꽝이야. 중국을 봐. 미국을 봐!" 그러나 큰 의미, 작은 의미 구분하지 않고 당장 시작하는 것을 가리키는 단어가 있습니다. 바로 자유입니다. 어쨌든 채식이든 환경문제든 결국은 서로가 서로를 살리고 지키고 보호하는 문화 속으로 들어가는 걸음걸이라고 생각합니다.

마지막으로 청취자들에게 하고 싶은 말은?

당신과 나, 우리 사이엔 쓸쓸한 빈 공간이 있죠. 그 빈 공간을 채울 수 있는 게 우리 몸이라는 생각이 지금 몸에 관한 많은 생각 중 가장 덜 언급되는 것 같아요. 성적인 몸, 아름다운 몸, 여러 가지가 있지만 뭐라도 실천하는 몸에 대해서 더 많이 이야기가 되었으면 좋겠어요. 엄청나게 아름다운 복근을 가진 뉴욕시 소방관 이야기를 아는데 길게 못해서 아쉽네요. 그 소방관은 하루도 쉬지 않고 윗몸일으키기를 하고 더운 날 가장 더운 오후 시간을 골라서 호숫가를 달렸어요. 그 덕에 몇 년간이나 뉴욕시 미스터 소방관으로 뽑혔는데 그가 그렇게 한 이유는 자기애 때문도 아니고 미스터 소방관이 되기 위해서도 아니었어요. 그의 꿈은 고층 건물 소방 전문가가 되는 것이었어요. 엘리베이터가 움직이지 않을 때 뛰어 올라갈 수 있어야 하기 때문이죠.

저도 중요하게 생각하는 일을 시작할 때 제일 먼저 하는 일이 전속력으로 달리는 거예요. 건강하게 시작하고 싶어서요. 한두 번밖에 안 해서 문제지만 저에겐 일을 시작하기 위해 꼭 필요한 의식입니다. 내가 내 몸과 가장 잘 지내는 순간은 내 몸을 어디에 쓸지 알고 있을 때고, 나는 내 몸과 함께 할 일이 있습니다.

꼽추의 일몰

2019년 11월 22일, 그날 서울의 일몰은 무척 아름다웠다. 나는 하늘이 완전히 어두워질 때까지 그 모습을 지켜봤다. 마음을 진정시키는 저녁의 커다란 손길이었다. 노을을 사랑하듯 삶을 사랑하라는 말이 떠올랐다. 그날 나는 일몰을 한참 바라보다 핸드폰을 열고 메모란에 '꼽추의 일몰'이라고 적었다.

기쁨을 소홀히 하지 말라니까

그날 나는 무척 바빴다. 오전에 토요일자 방송의 한 부분을 녹음했고 점심시간에 밥도 굶고 뛰어서 지하철을 타고 서울대공원에 갔다. 단풍이 아름다운 날이었다. 그곳에 가서 2년 전에 죽은 장애 콘도르의 마지막 날을 추적했다. 그 콘도르의 이름은 '꼽추'였다. 꼽추에 대해 말하려면 내 친구 이야기를 하지 않을 수 없다. 꼽추는 내 친구의 친구였다. 친구가 공부를 하러 한국을 떠날 때 우리는 같이 꼽추를 보러 갔다. 친구가 "꼽추야, 꼽추야!" 하고 부르니 분홍색 목이 기울어진 장애 콘도르가 친구에게 다가왔다.

"와 진짜 신기하다."

꼽추는 우리 철조망 가까이 오더니 날개를 쫙 펴고 한 바퀴 돌았다. 장애로 기울어진 목 때문인지 내 눈에는 꼽추가 고개를 갸웃거리는 것처럼 보였다.

우리가 호기심이 일 때 그러듯이 말이다.

"진짜 너 알아보나 봐."

친구는 내가 옆에서 떠들든 말든 계속 "꼽추야, 꼽추야" 하고 불렀다. 어쩐지 둘만 놔둬야 할 것 같았다. 나는 뒤로 물러나 둘을 지켜보았다. 내 친구는 곧 한국을 떠날 예정이었으니 어쩌면 그때 친구는 꼽추에게 작별인사를 하고 있었을 수 있다. 나는 내가 보는 것들, 그 모습 그대로를 두 번 다시 볼 수 없다는 것을 알았다. 나는 맹금류관의 독수리 그리고 장애가 아닌 또 다른 콘도르들을 봤고 하늘을 봤고 바람소리를 들었다. 바람이 이렇게 말해주었다. '순간을 소중히 여길 줄 알아야 한다니까.' 커다란 나무가 내게 이렇게 말해주었다. '세상엔 슬픔이 많아. 기쁨을 소홀히 하지 말라니까.' 나는 그 충고를 일생에 걸쳐 셀 수 없이 많이 잊고 살았다.

내 친구가 서울을 떠날 때 가장 아쉬워한 것은 한동안 꼽추를 볼 수 없다는 것이었다. 친구가 서울에 없는 동안 나 혼자 꼽추를 한 번 보러 갔다. 하지만 조류독감 때문에 볼 수 없었다. 사육사에게 꼽추의 안부를 물었더니 건강하게 잘 있다고 했다.

올 추석이 지나고 서울대공원에 다시 전화를 했

다. 나는 꼽추를 돌보던 사육사에게 물었다.

"꼽추가 잘 있는지 궁금해서 전화를 걸었어요."

사육사는 꼽추가 2년 전에 죽었다고 알려줬다. 그 순간 2년 전이 어떤 해였는지 아무것도 기억이 나지 않았다. 2년 전은 그냥 꼽추가 죽은 해였다. 이국에 있는 친구한테 그 소식을 전할 때 입이 잘 떨어지지 않았다. 예상대로 친구는 대단히 슬퍼했다. 아니 예상보다 더 슬퍼했다.

"뭐가 바빠서 한국에 왔다 갔다 하는 동안 한 번도 보러 가지 않았을까?"

친구는 자책했다.

"내 친구인데… 뭐가 바빠서 가지 않았을까?"

친구는 가능하다면 뭐라도 좋으니 살아 있을 때 꼽추는 어떤 콘도르였는지, 죽은 날은 언제인지 정도라도 알아봐달라고 부탁했다. 참 신기한 일이었다. 그즈음 내가 겪고 있던 고통의 정체가 바로 그것이었기 때문이었다. 지난 몇 달 동안 나는 태평양전쟁 당시 전쟁재판을 받고 전쟁범죄자가 된 조선인 포로감시원들을 취재 중이었다. 취재할 때 몇 번이나 이런 말을 들었다.

"너무 늦게 오셨어요."

실제로 너무 늦었다. 한국에서 만날 수 있는 전

범은 없었다. 전범의 아들들만 몇 명 만났다. 그것도 쉽지 않은 일이었다. 한 분은 연락처를 구했으나 전화를 받지 않았다. 결번이었다. 다시 그분의 집주소를 구했다. 우리 회사 인턴 기자가 찾아가봤다. 아무도 살지 않는 텅 빈 아파트였다. 인턴 기자는 관리사무실과 동사무소에 갔지만 아무것도 알아낼 수 없었다. 몇 달이 지나서야 나는 그분이 내가 취재를 시작하기 딱 한 달 전에 돌아가셨음을 확인할 수 있었다. 이제 전범이 아니라 전범의 후손들까지도 팔십대를 향해 가고 있었다. 나는 취재 노트에 똑같은 문장만을 반복해서 적고 있었다. "너무 늦었다. 너무 늦었다. 너무 늦었다."

알고 싶다, 알고 싶다, 그러나 알 수 없다

너무 늦었다는 말을 쓸 때마다 암담했다. 라디오는 어쨌든 목소리의 매체다. 침묵과 소리의 관계, 이것이 라디오다. 말해줄 사람이 없다면 방송을 할 수 없다. 태평양전쟁 당시 이십대 청년이었던 전범 중에 살아 있는 사람은 내가 알기론 일본에 한 분뿐이었다. 물론, 어쩌면 자신이 전범임을 밝히지 않은 누군가가 남모르게 비밀스러운 삶을 살고 있을 수는 있다. 그렇다면 그분은 백 살이 되었을 것이다. '알고 싶다, 알고 싶다, 그러나 알 수 없다.' 그들이 결코 누구인지 알 수 없다는 그 안갯속 같은 기분. 그 답답함과 무력감이 올 봄, 여름, 가을까지 나를 강타했다. 너무 늦었다는 깨달음이 주는 쓰라린 기분은 내 친구만의 것은 아니었다. 나는 나를 위해서도 꼽추에 대해서 아주 작은 정보라도 얻고 싶었다. 나는 다시 사육사에게 전화를 했다.

"제 이야기가 이상한가요? 2년 전에 죽은 콘도르에 대해서 알고 싶어 한다는 것이요?"

사육사는 이상하지 않다고 했다. 조금 기다려주면 사진을 구해보겠다고 했다. 꼽추는 (친구에게는 미안한 말이지만) '성격이 포악해서' 사진 찍기가 쉽지 않았다고 했다. 나는 그날 밤 친구에게 사육사에게서 들은 꼽추에 관한 조각 정보들을 전했다. 내 친구는 꼽추의 성격이 포악했다는 말까지도 좋아했다.

"다른 이야기는 없었어?"

"기다려봐. 너 귀국하고 서울대공원으로 찾아가보자고…."

전화 통화를 한 지 한 달이 지나자 꼽추의 사육사가 사진을 구해서 보내줬다. 꼽추의 사육사는 전임자나 다른 사육사들에게 꼽추의 사진을 가지고 있는지 물어봤고 부탁을 받은 사람들은 각자 자신들이 가지고 있는 동물 사진 파일들을 뒤지는 등등의 복잡한 과정을 통해 얻은 다섯 장의 귀한 사진이었다. 사진 속 꼽추의 모습은 기울어진 분홍색 목, 검은 몸통이 아주 선명했다. 내가 본 바로 그 콘도르였다.

사진을 받고 난 후 귀국한 친구와 함께 서울대공원에 가서 사육사를 만났다. 꼽추가 살던 맹금류관은 공사 중이었다. 땅바닥까지 다 파헤쳐져 있었다. 놀랍게도 나는 꼽추가 있던 자리를 기억했다. 평소 나의 지능 및 공간 지각력을 생각하면 거의 기적에 가까운 일이었다. 거짓말 같은 일은 그뿐만이 아니었다. 그 자리에 서자 눈앞에 새장이 살아나고 내 친구에게 꼽추가 다가오고 날개를 펴고 한 바퀴 돌고 둘이서 고개를 갸웃거리고 친구가 꼽추에게 뭔가 이야기를 하던 모습이 어제 일처럼 떠올랐다. 물론 꼽추는 아주 빛났다. 자아라곤 없는 눈이 특히 반짝거렸다. 꼽추를 다시 만난 것처럼 반가웠다. 꼽추는 나에게도 한번쯤 눈길을 줬다.

일몰이 아름답던 그날 사육사와 우리는 꼽추에 대해 많은 이야길 나눴다. 그날 꼽추의 사육사가 내 눈엔 신이었다. 그의 한마디 한마디가 다 신성했다.

"콘도르 같은 맹금류는 야생성을 가장 많이 간직하고 있어요. 콘도르는 다리 한쪽이 썩어도 절대 내색하지 않아요. 약해진 게 보이는 순간 야생에선 바로 공격 대상이 되니까요."

"꼽추는 닭고기를 좋아했어요."

"식사는 하루에 한 번 줬어요. 꼽추도 적정 체중을 유지해야 하니까요. 체중을 잴 때는 적어도 성인 남자 네 명은 필요해요. 부리도 잡아야 하고 날개도 잡아야 하고."

"콘도르 날개를 쫙 펴면 그 길이가 240센티미터인 것도 있어요."

"콘도르는 이제 한국에 들여오는 것 자체가 힘들어요. 규정이 까다로워졌어요."

"꼽추가 페루에서 태어났는지, 아님 다른 어디에서 태어났는지는 모르겠어요. 처음 한국에 올 때 성체였는지 새끼였는지도 모르겠어요. 창경원 시절부터 있었으니 최소 서른다섯 살은 넘었고 콘도르 중에서도 장수한 셈이에요."

"꼽추는 수컷이었어요."

내 친구는 꼽추가 어떻게 죽었는지 알고 싶어 했다.

"꼽추는 노화로 죽었어요. 죽기 전날 내가 병원

에 데리고 갔어요."

"솔직히 꿉추에겐 무관심했어요. 성격이 포악했다니까요. 내가 아끼던 다른 새가 있었어요. 앵무새였어요. 그 새는 내 손안에서 죽었어요."

친구는 꿉추가 죽은 날을 정확히 알 수 있는지 물었다. 마침 대공원엔 나뭇잎이 날리고 있었다. 떨어지는 나뭇잎과 나비를 위해 장례미사를 치르고 싶어 했던 사람이 나오는 소설이 생각났다. 플라토노프의 소설 『구덩이』에서 주인공은 시든 나뭇잎을 주우면서 "아무도 너를 기억해주지 않는다면 내가 너를 기억할게"라고 말한다. 내 옆에도 그런 사람이 앉아 있는 셈이었다. 우리는 꿉추가 죽은 날을 적기 위해 일제히 메모지를 꺼냈다.

"정확한 날짜는 확인해봐야 해요."

우리는 펜을 내려놓았다.

나는 꿉추가 날아본 적이 있었는지 궁금했다.

"저 혹시 꿉추는 날 수 있었나요?"

꿉추 사육사가 나를 빤히 바라보았다. 그러더니 다른 질문보다 훨씬 신중하게 천천히 대답했다.

"그걸 모르겠어요."

"네?"

"우리 안에 있는 바위 위에 올라가 있긴 했는

데….”

“그럼 동물원에 오기 전엔?”

“모르겠어요.”

콘도르는 헬리콥터처럼 앉은자리에서 자체 추진력으로 날아오르는 것이 아니라 수천 미터 높은 곳에서 기류를 타고 날개를 쫙 펴 활강한다. 그런데 동물원 어디에서 활강하겠는가? 꼽추는 적어도 동물원에 온 뒤로는 날 기회를 한 번도 갖지 못했다. 어쩌면 평생 날아보지 못했을 수도 있었을까? 아니길 바란다. 그러나 그것조차 정확히 알 수 없다.

꼽추를 애도하고 기억하는 방식

우리는 사육사에게 작별인사를 드리고 동물원을 나왔다. 나는 밥을 먹고 헤어지자는 친구도 뿌리치고 뛰다시피 회사로 돌아왔다. 책상 밑에는 자주 펼쳐보던 새 도감이 한 권 있었다. 한국의 새 사진집이었다. 콘도르가 나올 리가 없는 사진집이었다. 그래도 황급히 펼쳐봤다. 책을 펼치자마자 이런 인용문이 나왔다.

> 바람은 괴물처럼 으르렁거리며 그의 머리에 부딪혀왔다. 시속 110킬로미터에서 140킬로미터

다시 190킬로미터로 속도는 더욱더 올라가
이윽고 시속 220킬로미터에 달했다. 눈을 가늘게
뜨고 바람에 맞서며 그는 기쁨에 온몸을 떨었다.
시속 224킬로미터.
_리처드 바크, 『갈매기의 꿈』

가슴이 아팠다. 적어도 동물원에 온 뒤로 꼽추가 맛보지 못한 바람의 맛이었다. 그다음 장의 제목은 '저 높은 곳을 향해'였다. 나는 새의 비행에 관한 몇 가지 정보를 노트에 옮겨 적었다.

날아오르는 방식은 새들마다 다르다.
제자리에서 바로 날아오르는 새가 있는가 하면
한참을 달리거나 높은 곳에서 뛰어내려야만
날아오를 수 있는 새도 있다. 수면이나
땅에서 바로 뛰어 날아오르는 새로는 황오리,
흑부리오리, 청동오리, 흰뺨검둥오리 등이 있다.
일정 거리를 힘차게 땅을 박차며 뛴 다음에
날아오르는 새로는 고니, 흰죽지, 검둥오리,
뿔논병아리, 두루미 등이 있다. 이 새들은 10여
미터를 질주한 다음에 하늘로 날아오르는데 그
원리가 비행기가 뜨는 원리와 같다. 높은 곳에서

뛰어내리는 새로는 슴새, 칼새 등이 있다.
_유범주, 『새』(2005, 사이언스북스)

우리 꼽추는 날아가기 위해서는 슴새나 칼새처럼 높은 곳에서 뛰어내려야 했을 것이다.

새들은 생활양식 그중에서도 비행 양식에 맞게 날개의 형태도 각양각색이다. […] 좁은 영역에서 사는 비둘기는 짧고 강한 근육이 붙은 날개가 있어 힘차게 날아오를 수 있다. 황조롱이나 물총새는 먹이를 잡을 때 공중에서 날개를 퍼덕거리며 정지해 있는 정지 비행을 할 수 있다. […] 매의 날개는 기류를 타고 활공을 하기에 알맞은 모양을 하고 있다. 백로의 커다란 날개는 효율이 좋아 매초 2회 정도 날갯짓을 하면 날아오를 수 있다. 그러나 가장 작은 새인 벌새는 날개도 매우 작아 매초 80회 정도 날개를 퍼덕이지 않는다면 공중에 떠 있을 수조차 없다.
_유범주, 『새』(2005, 사이언스북스)

이렇게 옮겨 적는 행동이 내 나름대로는 꼽추를 애도하고 기억하는 방식이었다. 나는 꼽추가 자유롭게 창공을 날 수 있기를 바랐다. 날개를 쫙 펴고, 바람을 누비며 자기 삶의 가능성을 무한대로 펼치길 바랐다. 이루어질 수 없는 꿈이라 하더라도. 아무리 늦었어도 바랐다.

콘도르는 대체로 아침나절에 하늘을 난다고 들었다. 하지만 내 상상 속에서 꼽추는 지는 해를 배경으로 날개를 쫙 펴고 우아하고 위풍당당하게 날았다. 근사했다. 자유로워 보였다. 물론 목은 계속 기울어져 있었지만 상관없었다. 인간인 나는 어떨까? 나는 페소아 시인이 말한 것처럼 "땅 가까이 있고 싶다. 그러나 날면서. 갈매기가 그러하듯이". 우리는 아직 우리가 무엇을 할 수 있는지 모른다. 우리의 가능성을 알지도 못하고 바스러진다. 그러나 세상에 있는 수많은 것들이 우리의 손길을 기다린다. 수많은 것들이 우리의 스러짐을 슬퍼한다. 수많은 것들이 우리가 해낼 수도 있었을 일을 아쉬워한다.

사실 꼽추의 이야기는 내 가슴 깊은 곳, 어떤 이야기와 연결되어 있다. 그 이야기를 지금부터 해보겠다.

나는 당신을 위해서 메모합니다

2019년 8월, 9월, 10월, 11월. 나에게 오늘의 일정 같은 것은 없었다. 오늘의 일정은 다 빈칸이었다. 세상은 메모로 축소되었다. 나는 땀을 흘리면서 노트에 집요할 정도로 태평양전쟁에 관한 메모를 했다. 그중 몇 개만 소개하면 이렇다.

1941년 12월 8일. 진주만 공격.

1942년 미드웨이 해전. 태평양에서 일본은 힘을 잃기 시작. 미드웨이 해전의 패배는 비밀에 부쳐졌다. 대본영은 일본이 태평양에서 강력한 세력을 구축했다고 발표. 열광한 도쿄 시민들은 깃발과 등불을 들고 시가행진.

1942년 5월 23일. 『매일신보』에 포로 감시를 위한 조선인 특수부대 노구치 부대원 모집에 대한 기사가 나왔다. 조선인이 일본군 소속 포로감시원이 된다는 것은 엄청난 영광이라는 내용이었다. 조선 반도는 절정의 기쁨으로 들썩이고 있다는 후속 보도가 잇따랐다.

1942년 8월 19일. 말레이시아, 인도네시아 포로

수용소에 배속될 조선인 포로감시원들 부산항 출발.

1942년 8월 21일. 태국 포로수용소 감시원들 출발.

1943년 6월 1일. 『매일신보』 보도 내용.
"포로들은 우리의 따뜻한 대우와 보호를 받아 행복스러운 생활을 하고 있다."

1943년 한 조선인 포로감시원의 증언.
"콜레라가 인도의 갠지스강에서 시작. 증상은 뜨물 같은 흰 액체까지 모두 토하고 피부를 당기면 그대로 가라앉지 않는다. 모두 토해버린 환자는 죽어가면서도 물을 찾는다. 죽기 직전 흙탕물에 얼굴을 파묻고 숨져가는 포로들의 사체가 즐비했다. 전염병은 콜레라뿐이 아니었다. 말라리아, 각기병, 이질…. 잇따른 해전 실패로 다급해진 일본군은 병에 걸리거나 먹지 못해 뼈만 남아 걸을 수도 없는 환자들까지 끌어내 억지로 일을 시키도록 조선인 포로감시원들을 닦달했다."(연합국 포로들은 태국에서는 콰이강의 다리를, 말레이시아에서는 석유 기지였던 팔렘방을 방어하기 위한 비행장을, 자바에서는 암본, 하루쿠 등의 섬에서 오스트레일리아 침공을 위한 비행장 건설에 동원됐다.)

1945년 8월 15일. 하루 전날 비밀리에 녹음한 천황의 메시지. "앞으로 태어날 수천 세대의 인류에게 위대한 평화의 길을 열어주기 위해 내장이 찢겨나가는 심정으로…." 천황은 항복이란 단어를 쓰지 않았다.

1945년 9월 17일. 육군대장 시모무라 사다무(下村定)는 동남아시아 각 포로수용소장들에게 연합군 측으로부터 심문받을 시의 '모범답안'을 보낸다. '모범답안'의 내용은 조선인과 대만인의 지휘 체계 편성이 뒤떨어져서 일본군의 정당한 명령이 제대로 이행되지 않았다, 포로 학대는 현장의 조선인, 대만인들이 한 것이다, 라는 것.

1946년. 싱가포르 창이 형무소, 비가 많이 내리던 날, 조선인 청년이 처형되었다. 그는

죽기 2분 전까지 유서를 썼다. 그는 2미터 높이
창이 형무소 담장을 넘지 못했지만 그의 유서는
담뱃갑에 옮겨 적혀 담을 넘었다.

1955년. "죽은 줄 알았던 남방 군속 살아서
14년 만에 살아서 돌아오다"라는 보도가 있었다.

1981년. 길거리에서 한 남자가 사망했다. 그는
죽기 전까지 정신질환 시설을 전전했던 것으로
밝혀졌다.

1984년. 강원도 양구에서 한 농민이 사망했다.
그에게는 한 가지 특이한 점이 있었다. 그는 왼쪽
갈비뼈가 없었다.

1990년. 한 회사원이 노태우 전 대통령 방일을
앞두고 일본대사의 차에 올라타 유인물을 뿌리다
검거되었다.

1991년. 한 조선인이 일본의 정신병원에서
사망했다. 그는 하나비 축제 소리를 함포
사격으로 알았다. 그는 바나나를 좋아했다. 그가

정신병원에 있었던 기간은 40년이었다.

1991년. 동경에서 매우 특이한 재판이 열렸다. 조선인 B·C급 전범들—소위 말하는 '정의롭지 못한 사람들'이 일본 정부를 상대로 '정의'를 묻는 재판을 했다.

2014년. 콰이강의 다리에서 강제노역을 했던 호주군 포로의 아들 리처드 플래너건이 『먼 북으로 가는 좁은 길』로 맨부커상을 수상했다. 호주의 호메로스로 불리는 리처드 플래너건의 작품은 역대 맨부커상 수상작 중에서도 걸작으로 꼽힌다는 평을 받았다. 책의 제목은 일본의 위대한 방랑 시인 마쓰오 바쇼의 하이쿠에서 따온 것이다. 그는 이 작품을 태평양전쟁을 배경으로 했지만 전쟁 이야기가 아니라 인간이 나눌 수 있는 수많은 사랑에 관한 이야기라고 했다.

이 아무 관련 없어 보이는 사건들을 연결하는 단 하나의 비밀스러운 열쇠는 바로 '태평양전쟁'과 '전쟁재판'이다. 이야기는 이렇게 시작된다.

한 인간이 살았고 생의 어떤 순간 그 사람은 완전히 혼자였다

2018년 나는 평화로운 마음으로 『먼 북으로 가는 좁은 길』을 읽었고 곧 책에 푹 빠졌다. 이 책이 발산하는 강력한 분위기는 우리를 다른 세상—끝없이 비가 내리는 정글 안으로 데려간다. 포로들의 인생 이야기는 태양이 이글거리는 고국 호주에서 펼쳐지지 않았다. 그때까지 살아온 그들의 삶과는 아무런 관련이 없는 정글에서 펼쳐졌다. 그들은 굶주림, 폭력, 강제노역에 시달렸다. 살아가는 데 필요한 것은 결코 애매모호하지 않았다. 배고플 때 먹을 오리알, 마실 물, 바위와 가시덤불 위를 걸을 때 필요한 신발, 고향이 그리울 때 읽을 편지 한 통. 그것을 나누느냐 마느냐의 문제다. 용기, 사랑, 이런 것들은 특별한 사람만 가지고 있는 것이 아니라 우리 모두가 가지고 있다는 것이 작가의 믿음이다. 사랑과 용기가 없다면 살 수 없다는 것을 이만큼 힘 있게 쓰기도 힘든 훌륭한 책이었다. 포로들의 상태는 무기력하기만 한데 그 무기력을 이만큼 압도적인 문장으로 보여준 책도 드물다.

그러나 이 소설에는 평생에 걸쳐 단 한 번도 사랑을 주지도 받지도 못한 사람이 나온다. 뜻밖에도 그는 조선인이었다. 정확히 말하면 조선인 포로감시원. 그가 곡괭이자루로 병든 호주인 포로를 구타하는 장면은 읽기 힘들 정도로 비통하다. 병든 호주인 포로는 사람이 아니라 푸대자루, 그냥 털썩 땅에 떨어져 먼지를 일으키는 사물에 불과했다. 폭행이 계속되는 그 긴 시간, 독자인 나마저도 마치 그곳에 있는 것처럼 숨소리조차 낼 수 없었다. 조선인 포로감시원은 전쟁이 끝나자 전범이 되어 사형을 당한다. 나는 여기까지 읽고 잠시 책 읽기를 멈췄다. 인간들이 나누는 사랑이 인간에게 무엇일 수 있는지 강력하게 호소하는 이 탁월한 세계문학의 가장 비통한 장면에 잠깐 등장해 영혼 없는 기계 같은 악역을 하고 사라지는 인물이 조선인이라는 사실은 한국인인 나로서는 어쩔 수 없이 가슴 아픈 일이었다. 그는 초라하게 살다 초라하게 갔다. 그에게는 행복의 기억이라고는 없다. 그는 사형당할 때조차 일본군이 주기로 한 월급 50엔 말고는 달리 말할 것이 없었다. 그러나 인간이 돈 외에 달리 할 말도, 옹호할 것도 없이 죽어가는 것은 비참한 일 아닌가…. 내 마음은 이루 말할 수 없이 어두워졌다.

그러나 문학은 문학이고 현실은 현실. 나는 일상으로 돌아갔고 잊었다. 그러나 이상한 우연이 나를 다시 그 소설의 세계로 끌고 갔다. 2018년 나는 〈자살률의 비밀〉이란 특집 다큐를 만들기 위해 일본 취재 준비를 하고 있었다. 동일본 대지진 쓰나미 취재 때 통역을 도와주었던 이영채 교수에게 전화했다. 그와 나는 호흡이 잘 맞았다. 그만큼 현장 통역을 잘하는 사람을 만나기는 힘들 것이었다. 그가 말했다.

"이제 너무 바빠져서 같이 일할 수가 없어요."

"아쉽네요. 왜 바쁜지 물어나 봐도 될까요?"

"조선인 전범 때문이에요. 광복절에 그분들 이름이라도 한번 언급되면 좋겠어서. 그걸 위해 백방으로 뛰고 있어요."

"조선인 전범요?"

저절로 『먼 북으로 가는 좁은 길』이 떠올랐다. 소설이 아니라 현실 속 조선인 전범들은 어떤 존재일지 호기심이 생겼다. 나는 태평양전쟁 당시 포로감시원이었던 조선인 전범에게 일어난 일, 그리고 재판에 대한 자료들을 구해 읽기 시작했다. 자료는 많지 않았다. 태평양전쟁사에 관한 책, 전후 일본 지성의 흐름에 대한 책들을 읽으면서 생각을 정리해보기로 했다. 개요는 이렇다.

전쟁이 시작되자 반 년 정도 일본이 거침없이

이겼다. 그 결과 대략 30만 명에 육박하는 포로가 발생했다. 일본은 조선인과 대만인을 포로감시원으로 이용하기로 결정한다. 훈련소 부대장 노구치의 이름을 딴 노구치 부대의 시작이었다. 노구치 부대원 3400명은 1942년 8월 부산항을 떠났다. 그러나 일본은 주로 대륙 방면으로 진출했기 때문에 바다에서의 전쟁은 준비되어 있지 않았다. 노구치 부대원이 남방으로 출발하기 전 일본은 미드웨이 해전에서 패배했다. 태평양전쟁이 끝나자 일본은 세계로부터 물러나야 했다. 승전을 알린 미국 방송이 외친 것은 'JAPAN IS OUT! FROM THE WORLD!'였다.

1945년 8월 15일 그날은 고국을 사랑하기에 좋은 날이었다. 그러나 그 기쁨을 함께 누리지 못할 사람들이 곧 모습을 드러냈다. 일본 패망과 동시에 이국의 많은 조선인들은 귀국 준비를 했다. 그러나 결코 쉽게 고향으로 돌아오지 못할 사람들이 있었다. 그중엔 조선인 포로감시원들이 있었다. 태평양전쟁의 승리를 미국이 독차지하는 동안 또 다른 비극이 시작되었고 그 비극의 서막은 미국을 비롯한 연합국 백인들이 수도한 전쟁재판이었다. 전쟁이 끝나자 유럽에서는 뉘른베르크 재판이, 일본에서는 도쿄 재판이 열렸다. 그러나 전쟁의 책임과 정의실현과 관련된 모든 문제를 우습게 만들어버린 것, 책임의 문제를 사실상 한 편의 '쇼'로 만들어버린 것이 바로 도쿄 전범 재판이다. 전쟁 책임과 관련한 핵심 중의 핵심 천황 문제는 메시아적 군주 맥아더의 반대로 거론되지 못했다. 냉전시대를 앞두고 맥아더는 군사적 관점으로만 일본과 아시아를 바라보았고 반공 이데올로기를 위해서 히로히토 천황을 필요로 했다. 하지만 천황의 이름으로 전쟁을 치렀는데 그 천황이 전쟁에 대해서 책임을 지지 않는다면 보통 사람들이 자신의 전쟁 책임을 진지하게 생각할 이유가 어디에 있겠는가?

전쟁재판의 결과 일본은 스스로의 힘으로는 단 한 번도 전쟁 책임을 지지 않기 시작했다. 자신들이 아시아인들에게 저지른 갖가지 범죄는 쉽사리 잊었다. 중요한 것은 그들의 죽음이지 그들이 죽인 자들이 아니었다. 중요한 것은 자신들이 받은 고통이지 자신들이 준 고통이 아니었다. 전후 미 점령의 최악의 유산은 태평양전쟁 최대의 희생자인 아시아인들을 철저히 무시했다는 점이다. 종전 후 조선인, 인도네시아인, 필리핀, 중국인, 대만인들을 눈여겨보는 일본의 지식인조차 거의 없었다.

그러나 문제는 한 가지 더 있다. 일본인, 그들이 전쟁 책임을 자기 일로 생각하지 않는다면 대체 누가 전쟁 책임을 졌는가? 누군가는 전쟁 책임을 져야 하지 않겠는가?

1945년 10월부터 1951년 4월까지 동남아시아 곳곳에서 50건이 넘는 B·C급 전범재판이 열렸지만 어떤 법정에도 조선인 판사, 조선인 검사는 없었다. 조선인들은 일본인으로 재판받았고 기소 이유의 대부분은 포로에 관한 제네바협약 위반과 관련이 있었다.*

그들 대부분은 자신이 왜 기소당했는지조차 정확히 몰랐고 대질심문도 없었으며 증인조차 없었다. 혐의 내용을 부인하고 싶어도 언어 문제에 가로막혔다. 세계 그 어디에도 그들의 운명에 관심을 가지고 그들이 살 길을 고민해주는 사람이 없었다. 그들의 고국은 스스로도 갈 길이 복잡한 신생 독립국이었다. 그들은 역사 속에서 그들에게 무관심한 강력한 힘에

* 포츠담 선언 10항. 우리들의 포로를 학대한 자를 포함한 일체의 전범에 대하여 엄중한 처벌을 내린다고 규정. 나치에 붙잡힌 영미 포로의 사망률은 4퍼센트, 일본군에 잡힌 포로 사망률은 27.5퍼센트였다. 이러한 피해에 대한 책임은 누가 져야 하는가? 가장 높은 비율을 차지한 것은 조선인 포로감시원들이었다. 그들은 포로들의 강제노역, 영양실조, 포로수용소의 나쁜 위생 상태, 적절한 치료를 받지 못한 것 등에 대한 책임을 졌다.

둘러싸인 채 철저하게 '혼자'였다.

조선인 전범 백마흔아홉 명 중 스물세 명은 조국을 해방시킨 연합국에 의해 사형당했다. 그동안 천황, 731부대 책임자, 강제징용의 기획자 누구도 전범 명단에 오르지 않았다. 역사 속에서 철저히 혼자였던 그들은 당시 역사가 필요로 했던 것, 정의실현을 위한 엑스트라 역할을 하다가 죽은 뒤 이내 역사의 쓰레기통 속으로, 망각 속으로 들어갔다.

한 인간이 살았고 생의 어떤 순간 그 사람은 완전히 혼자였다. 그 사실이 가슴에 사무쳤다. 그들의 이야기를 더 알고 싶었다. 그러나 그들은 거의 1920년대 생들이다. 그들은 죽었다. 방송은 불가능했다. 꼭 방송을 해야겠다면 고인들과 유령 방송을 해야 하는 상황이었다. 죽은 사람을 위해서라도 뭔가 할 수 있을까? 나는 감히 조선인 사형수, 그들의 결말을 조금이라도 달리 쓰고 싶었다. 지옥을 여행하던 단테가 듣던 말이 떠올랐다. "산 자의 눈으로 죽은 우리에 대해 이야기해주오." 그러나 아직 살아 있는 사람이 있다. 한 명이라도 있다면 방송은 가능하다.

산 자의 눈으로 죽은 우리에 대해 이야기해주오

이학래
1942년 6월. 부산 노구치 부대 입소
1947년 3월. 호주군 전범재판에서 사형 선고
1947년 11월. 징역 20년 형으로 감형
1951년 8월. 도쿄 이케부쿠로 스가모 형무소로 이송
1956년 10월. 석방

그가 바로 『먼 북으로 가는 좁은 길』의 포로감시원이었다. 그가 바로 마지막으로 살아 있는 전범이었다. 이영채 교수가 얼마 뒤 일본에서 내게 연락을 했다.

"전범을 취재해주세요. 그렇다면 자살 다큐 통역을 할게요."

"좋아요."

2018년, 우선 〈자살률의 비밀〉 취재를 했다(그것에 대해서도 할 말이 태산이지만 여기선 건너뛰겠다). 1년 뒤 나는 이영채 교수와의 약속을 지키기 위해서 일본으로 갔다. 그리고 아직 살아 있는 한 사람, 이제 95살이 된 『먼 북으로 가는 좁은 길』의 포로감

시원, 콰이강의 다리 건설 현장의 코리안 가드 중 한 명이었던 이학래를 만났다.

현재 일본인들이 보이는 모습, 자신이 준 피해는 잊고 자신이 받은 피해만을 강조하면서 정체성을 만들어가는 것은 섬나라 일본인에게만 고유한 것은 아니다. 스스로도 깊게 상처를 받았지만 책임까지 져야 할 때 거의 모든 인간이 보이는 모습이기도 하다. 정확히 말하면 조선인 전범들의 자리가 바로 그곳이다. 조선인 포로감시원들은 자신들도 깊게 상처를 받은 상황에서 포로에 대한 제네바협약 위반으로 전쟁 책임을 져야 했다. 그들은 근무하러 갔지 천황에게 충성을 하러 간 것은 아니었다. 그러나 어쩔 수 없이 그렇게 돼버렸다. 문제는 그 '어쩔 수 없다'였다. '그때는 어쩔 수 없었다'는 말은 아무리 오랜 세월이 흘러도 옹색한 말이다. 그를 비롯한 살아남은 조선인 전범들은 전쟁이 끝나자 가해자로부터 버림받고 전범이 된 후에는 피해자와 고국으로부터 비난받는 상황에 처했다. 그리고 스물세 명은 죽어버렸다. 죽을 때 그들은 물었다. 무엇을 위해서 왜 죽는가?

한번 일어난 일은 누구에겐가는 영향을 미친다. 조선인 전범들이 그렇게 죽어버렸다는 것은 이학래

같이 살아남은 조선인 전범들에게 영향을 미쳤다. 그들은 가난했고 비참했고 일본 사회에서 보이지 않는 투명한 존재나 다를 것 없었지만 일본 정부에 "필요하면 써먹고, 필요 없어지면 버리고, 책임을 떠넘기고, 아무런 사과도 보상도 하지 않는 것이야말로 부조리, 부정의"라는 주장을 무려 75년 동안이나 해왔다. 왜 인간을 아무렇게나 대하느냐고 무려 75년 동안이나 물었다. 사람을 아무렇게나 대하는 것이 만연한 사회에서 왜 사람을 아무렇게나 대하느냐는 질문은 너무 본질적이라서 급진적이다. 사람을 차별하는 사회에서 왜 차별하느냐고 묻는 것은 너무나 근본적이라서 급진적이다. 죽은 조선인 전범들이 무엇을 위해 죽는지 물었다면 살아남은 전범들은 무엇을 위해 사는지를 끝없이 물었다.

이학래는 그들 모두보다 오래 살아남았다. 그들 모두를 회고할 수 있을 만큼 오래 살았다. 어느 순간부터 두려움 없이 자신의 인생을 돌아볼 수 있게 되었다. 그러나 슬픔마저 없지는 않았다. 나와 이야기를 마친 마지막 순간 그는 한 장의 메모지를 보여주었다. 그가 윗도리 주머니에 넣어가지고 다니면서 자주 꺼내보는 그 한 장의 메모지. 그 메모지 안에는 어떤 글자가 들어 있을까?

사형당한 조선인 스물세 명의 명단이었다. 당시 역사가 필요로 했던 그 빈틈 한 자리를 메꾸고 사라져 버린 사람들의 이름, 고향, 그리고 사형당한 날이 적혀 있었다.

인간은 무로 태어나 무로 돌아간다고 한다. 하지만 이학래는 무 이상의 뭔가가 있다고 느꼈다. 죽은 친구들이 가끔 찾아오기 때문이다. 그 친구들 중 밤낮없이 그를 찾아오는 사람이 있다. 임영준. 싱가포르 창이 형무소 마지막 조선인 사형수 두 명 중 한 명. 이학래와 마지막까지 함께 있었던 사람. 그는 죽기 전날 먹지도 마시지도 말을 하지도 않았다. 그런 그가 교수대로 가기 직전 이학래에게 최후의 악수를 하면서 한마디를 했다. "당신이 살아남기를 바랍니다. 만약 살아남는다면, 임영준이가 그렇게 나쁜 놈이 아니었다고 말해주세요."

그때 이학래는 그렇게 하겠다고 대답을 못했다. 그도 사형수였기 때문이었다. 그러나 그는 살아남았다. 죽을 이유를 몰랐듯이 산 이유도 몰랐다. 이학래는 그들이 얼마나 살고 싶어 했는지를 기억하고 있었다. 그들이 죽을 때 얼마나 고독했는지를 기억하고 있었다. 그들의 고독은 끔찍하게 무가치한 것을 위해 무의미하게 죽어간다는 것을 알게 된 채로 죽는 사람의 고독이었다. 1947년에 이학래는 임영준에게 대답을 못했다. 대답을 하지 못했다면 삶으로 살아내야 했다. 이학래는 그렇게 했다. 평생 임영준 그리고 죽어버린 조선인 전범들이 그렇게 나쁜 사람이 아니었다고 온갖 방식으로 말해왔다. 왜 그들이 그들의 삶을 살지 못했는지 온갖 방식으로 물었다. 역사는 그들을 팽개쳤지만 이학래는 전범들의 역사를 이어가는 개인의 역사를 살아냈다. 이것이 그의 삶이었다.

이제 아흔다섯 살이 된 그가 죽은 친구들의 이름을 바라볼 때 산 자와 죽은 자의 경계는 더 이상 없다. 그에게는 자신에게 시간이 많이 남았다는 환상이 없다. 그는 죽음을 느끼고 삶을 느낀다. 그러나 그는 아직 살아 있고 살아 있는 동안 희망하는 자로 살았다. 이학래는 평생 수많은 항의서한, 호소문, 탄원서를 썼다. 해마다 새해가 밝으면 수첩에 조선인 전범 명예 회복이라는 똑같은 목표를 써넣었다. 그러나 이제 더 이상 아무것도 쓰지 않는다. 이제 더 이상 메모하고 싶은 것은 없다. 다른 쓸 거리가 필요 없다. 메모지에 적힌 그 이름들이 그에게 삶의 이유를 주었다. 지금 손에 들고 있는 메모지가 자신의 삶이다.

그리고 글자가 보인다는 것은 소중한 일이다.

에필로그

나는 이 글을 두 가지 이미지를 생각하면서 썼다. 하나는 글을 쓰려고 몸을 굽힌 사람의 어깨와 등에 떨어지는 빛, 그리고 또 하나는 버지니아 울프. 버지니아 울프는 다른 사람의 글을 볼 때도 무심코 그 사람이 창가에 서 있다고 상상하면서 읽었다. 창밖에 하늘과 구름과 태양이 있을 것이다. 우리는 고개를 돌릴 것이다. 방 안의 어두움 혹은 저 바깥의 먼 빛 쪽으로. 과연 그 또는 그녀 들은 어느 쪽으로 고개를 돌리게 될 것인가? 우리 모두 빛이 있는 쪽으로 고개를 돌릴 수 있기를 바라 마지않는다.

한 해가 끝나고 또 한 해가 시작되면 다이어리를 구입한다. 혹은 어디선가 얻기도 하고 선물로 주고받기도 한다. 한 해가 흐르는 동안 나는 시간의 흐름을 단어로, 문장으로 바꿔놓는다. 메모를 한 사람은 누구라도 자신의 메모장 안에서 인내심과 경이로운 순간들, 생각들을 찾아내게 될 것이다. 이 두 단어 '인내심'과 '경이로움'이 빚어낸 놀라운 이야기들이 함께하길 바라 마지않는다.

달력을 만든 인간의 마음을 잠시 생각해본다. 우리는 질서와 연속성을 사랑하고 다른 식으로는 살 수 없다. 자기만의 작은 질서, 작은 실천, 작은 의식(ritual)을 갖는 것이 행복이다. 메모는 '준비'하면서 살아가는 방식, 자신만의 질서를 잡아가는 방식이다. 메모는 미래를 미리 살아가는 방식, 자신만의 천국을 알아가는 방식일 수도 있다.

내 메모장을 들춰보면 내 천국에는 삼천 명의 하인도, 으리으리한 궁궐도 없다. 개인 비행기도 사절이다. 펜트하우스도 럭셔리한 집도 가구도 필요없다. 내 천국에는 책이 있고, 사랑하는 친구들, 가족들, 나의 검은 눈의 강아지 루씨가 있다. 물소리와 고래와 커다란 나무와 작은 꽃, 생명의 다양함, 변화를 원하고 행하는 용감한 사람들이 있다. 내 천국에선 대화가 곧 쾌락이다. 그 빛나고 아름다운 것들은 항상 나를 끌어당긴다. 그 세계의 일부가 돼보지 않겠느냐고. 나는 도저히 그 유혹에 저항할 수 없다.

메모장이 꿈의 공간이면 좋겠다. 그 안에 내가 살고 싶은 세상이 있다면 더 좋다. 그 안에서 나는 한 해 한 해 나이 들고, 곧 잊힐 상처와 결코 잊히지 않을 슬픔이 어떻게 다른 것인지 알게 된다. 내가 무엇 때문에 슬펐는지 어떻게 버텼는지 알게 되고, 나를 살피고 설득하고 돌보고 더 나아지려 애쓴다. 반대로 내가 언제 행복한지 언제 심장이 뛰는지도 알게 된다.

어느 날 메모장을 다시 펼쳐보면 "이제 예전처럼 슬프지 않다!" 같은 문장을 볼지도 모른다. "원한다는 것은 모든 힘을 동원해 원한다는 것이다" 같은 문장도. "한번 용서했으면 다시 그 말을 꺼내지 말자", "좋은 일을, 더 나은 것을 생각하며 견디자" 같은 문장도. 가슴이 뛰는 일이 있으면 더 좋다. 그 방향에서 멀어지지 않으면 더 좋다. 마을 길이 미지의 도시로 이어지듯 메모장도 나를 더 넓은 곳으로 데려다줄 것이다. 행복은 예기치 않은 곳에서 놀라운 우여곡절 끝에 정직한 통로를 거쳐서 찾아온다는 말이 있다. 그 정직한 통로라는 말이 얼마나 심오한 것인지 마음으로 알게 되는 날이 있을 것이다. 길을 잃으면 메모장을 펼쳐보겠다. 메모를 하는 우리 마음은 집으로 돌아가려고 조약돌을 뿌리는 헨젤과 그레텔의 마음과 다르지 않다. 달빛에 비친 조약돌은 우리를 가야 할 곳으로 인도할 것이다.

이제 나는 또 다른 메모를 시작했다. 온 마음으로 하고 싶은 일이 있기 때문이다. 일기예보가 처음 라디오에 등장한 것은 언제일까? 1920년대다. 이제 백 년이 흘렀다. 2020년대를 사는 일기예보는 어떤 모습일까? 우리는 '기후 위기 예보'를 만들어야 할 지경에 이르렀다. 나는 내가 그토록 많은 도움을 받았던 아름다운 세상이 파괴되는 것이 슬프다. 나는 차근차근 생각한 끝에 삶은 시간이 나에게 준 선물이란 결론에 이르렀다. 이제 나도 선물을 할 차례다. 나는 지구를 살리고 싶다. 나는 실제로 '기후 위기 예보' 방송을 만들 것이다. 이 일은 미래 세대를 위해 내가 꼭 해야 할 일이다. 빗소리, 바람 소리, 파도 소리, 새의 날개짓 소리, 믿을 수 없이 다양한 온갖 생명의 소리들, 우리에게 많은 밤 위안과 평화를 주었던 그러나 사라져가는 소리들을 방송에 담을 것이다. 네루다의 시구가 떠오른다. "내 사랑이 너를 지켜줬으면 좋겠다." 지금 내 마음이 이 시구와 같다. 언젠가 라디오에서 '기후 위기 예보'를 듣게 된다면, 그때는 네루다의 시구를 같이 떠올려달라. "내 사랑이 너를 지켜줬으면 좋겠다."

우리의 삶은 결국 평생에 걸친 몇 개의 사랑으로 요약될 것이다. 어떤 곳이 밝고 찬란하다면 그 안에 빛이 있기 때문이다. 우리는 한 해 한 해 빛을 따라 더 멀리 앞으로 나아갈 것이다.

나를 만든 세계, 내가 만든 세계
'아무튼'은 나에게 기쁨이자 즐거움이 되는,
생각만 해도 좋은 한 가지를 담은 에세이 시리즈입니다.
위고, **제철소**, **코난북스**, 세 출판사가 함께 펴냅니다.

아무튼, 메모

초판 1쇄 2020년 3월 15일
초판 15쇄 2024년 5월 10일

지은이 정혜윤
편집 이재현, 조소정, 김아영
디자인 일구공 스튜디오
제작 세걸음

펴낸곳 위고
등록 2012년 10월 29일 제406-2012-000115호
주소 경기도 파주시 돌곶이길 180-38 1층
전화 031-946-9276
팩스 031-946-9277

hugo@hugobooks.co.kr
hugobooks.co.kr

ISBN 979-11-86602-51-5 02810